のんびりVRMMO記 6

ALPHA LIGHT

まぐろ猫@恢猫

Maguroneko@kaine

アルファライト文庫

主な登場人物
Main Characters
シノ（榊信乃）
ルリの親戚で保護者役。22歳。
やる気を一切見せない
物ぐさ系男子。
小桜＆小麦
にゃんこ太刀に宿る猫又のペット。
小桜（白）と小麦（黒）で
一心同体。
ルリ（榊瑠璃）
双子の同級生。13歳。
薙刀が得意で、
ゲーム世界でも攻撃専門。
ヒバリ（九重雲雀）
双子の姉。13歳。
活発な性格で、
幽霊以外は怖いものなし。

ミィ（飯田美紗（いいだみさ））

双子の幼馴染（おさななじみ）。13歳。外見に反し、戦闘大好きのハードゲーマー。

メイ

二足歩行の羊の魔物。身の丈（たけ）より大きなハンマーが武器。

ツグミ（九重鶫（ここのえつぐみ））

本編の主人公。25歳。双子（ふたご）の妹達の親代わりで、ゲーム世界では生産職に。

リグ

可愛（かわい）らしい蜘蛛（くも）の魔物。ツグミのフードの中が定位置。

ヒタキ（九重鶲（ここのえひたき））

双子の妹。13歳。あまり感情を表に出さないが、実は悪戯（いたずら）っ子。

俺、九重鶫と双子の妹である雲雀と鶲は、昨日、ＶＲＭＭＯ【ＲＥＡＬ＆ＭＡＫＥ】で短いながらも濃密な時間を過ごした。

双子の幼馴染の飯田美紗ちゃんに加え、同級生の榊瑠璃ちゃん、その兄である信乃くんと一緒だったからだ。

妹達は別れ際に、「２～３日中にまた遊びたいね」とマジの眼差しで約束を交わしていたので、皆で遊んだ昨日——日曜日の再来は近いだろう。

今日は学校なので、もうそろそろ雲雀と鶲が起きてくる。

さて、俺もさくっと起きるとするか。

「……なに作るかな」

毎日の料理を考えるのも一苦労……なんだけど、あの双子はどんなメニューでも美味しいと全部食べる。ありがたい反面、これはこれで悩ましい。

朝食は軽めでありながら、お腹が満たされるもの……。

俺は寝間着代わりの浴衣から適当な服に着替え、歯磨きと洗顔を済ませてキッチンへ向かった。

少しがらんとしている冷蔵庫と睨めっこし、頭を捻って献立を考え、食材を取り出す。最近ご無沙汰だったから、いい加減買い出しに行かないと。

のんびり朝食を作っていると、次第に2階が騒がしくなり、階段を駆け下りてくる音が聞こえる。

機嫌の良さそうな雲雀がリビングの扉を開けて入ってきて、キッチンにいる俺に、テンション高めに挨拶してきた。

「つぐ兄ぃ〜、おっはようでぇ〜す！」

「おはよう、雲雀」

「ひぃちゃんはまだ歯磨きだよ。私は勝ったのでぇ〜す！」

「へぇ……ってか、なんだその語尾」

「えへへ〜」

軽く話すと気が済んだのか、雲雀は気の抜ける笑い方をしながら、リビングのソファーに座る。

やがて朝食作りも終盤に差しかかったころ、今度は眠たげな目をした鶲がやって来た。

「夜更かしは絶対してないし、雲雀ちゃんと同じくらいに寝たから、こんなはずでは……」

と、どこか悔しそうな鶲。

そんな彼女に、出来上がった朝食をテーブルに運んでもらい、皆で揃っていただきます。

雲雀と鶲は部活のあるいつも通りのスケジュールだが、いつも通りでないのは俺のほうだな。

買い出しに行かないと、帰ってきた雲雀の泣く姿が目に浮かぶ。

あとでスーパーのチラシを、現場で歴戦の主婦に負けないよう、しっかりチェックしなければ。

朝食を食べ終えた2人は、荷物を持って、明るい声とともに学校へ向かった。

「つぐ兄ぃ、行ってきます」

「行ってきます、つぐ兄」

「急いで転んだりするなよ！」

こんな風に、元気いっぱいの雲雀は俺のことを「つぐ兄ぃ」と呼ぶ。そしてやや感情の薄い口調の鶲は、「つぐ兄」と語尾を伸ばさない。

俺は見送った手をそのままにポストに突っ込み、中に入っている新聞を取り出した。

今日もたくさんチラシが折り込まれているけど、求めているものはあるかなー。

そんなことを考えながら、リビングに戻ってテーブルに新聞を置くと、まだ片付けられていない食器が並んでいた。

「……あ」

先に綺麗にしてしまおうと、食器をキッチンに運ぶ。

食器洗いはお手の物だからささっと終わらせ、俺は新聞からチラシを抜き取り、真剣な眼差しで見つめた。

こっちのスーパーは、今日は1日中野菜が安い。あっちのスーパーは、夕方のタイムセールでお肉が安かった。

ただ、どちらも徒歩で行くには少々遠い……車を出すか？

こうして悩むなら、値段を上げ下げせず常時安い、と宣言しているスーパーのほうが、むしろ良いかもしれない。

　まあとりあえず、まずは冷蔵庫と相談しないと。何があって何が足りないのか、ちゃんと確認しよう。

　買うべきものをしっかりメモし、家の戸締まりをした俺はスーパーに出発。結局、今日は常時安いスーパーに行くことにした。


「行ってきます」


　扉を閉める直前、玄関で、誰にも聞こえない声量でぽつりと言う。言わなくてもいいんだけど、なんとなく口にしちゃうんだよな。

　安い商品を買うためなら……ええと、歴戦の勇者でも太刀打ちできない、だっけ？

　とにかく、安い商品を買うためなら強い敵すら倒してしまう主婦の方々と、俺はこれから争わないといけないんだ。

　その後の出来事については、大量のリンゴを買うことになった以外は面白くもないから端折らせてもらおう。

　スーパーという名の戦場から帰ってきた俺は、買ってきた物を冷蔵庫にしまい込んだ。

　掃除をしたり適度に休憩したり、仕事で頼まれていたものをメールで送りつけたりしているうちに、雲雀と鶲が帰ってくる。

「ただいまぁ、お風呂入ってきまーす！」

「ただいま、つぐ兄。泥と汗だく、お風呂一択」


帰宅の挨拶もそこそこに、２人は風呂場へ行ってしまった。

あぁそうか。さすがに汗だくではいたくないよな。

お風呂の用意はしていなかったんだけど、シャワーでも可な様子だ。それならお湯がもったいないので、俺も今日はシャワーだけにするか。

廊下にいた俺が、リビングに通じる扉を開こうとしたとき、後ろで小さく音がした。

振り返ると、洗面所の扉の隙間から雲雀が顔を出している。


「夕飯食べたらゲームするよー！」


俺は「分かってるよ」と返し、リビングに入った。

そうだなぁ……今日は少し早めに夕飯の支度をするか。

そういえば、２人は結構な頻度で一緒にお風呂に入ってるけど、そんなに話すことがあるんだろうか？　よく分からん。

キッチンで冷蔵庫を開き、買い物をしているときに考えていた、夕食の食材を取り出す。今日は豚の甘辛しょうが焼き、ポテトサラダ、けんちん汁、特売で安かったべったら漬け。

これらは作り慣れているので、シャワーを済ませた雲雀と鶲を待たせることなく、準備を済ませられた。慣れない料理は、時間に余裕のあるときやＲ＆Ｍの中でしかやらない。

豚の甘辛しょうが焼きを食べ、炊き立てのほかほかご飯を食べ、けんちん汁をすすっていると、雲雀がふと思い出したように話す。

「今日、クラスメイトが何人も私の編みぐるみを持ってたんだ。つまり親とか知り合いとかが、フリマに来てくれたってことだよね……うぅ。べた褒めされて嬉しいけど、ちょっと恥ずかしかったよぉ」

「雲雀ちゃん、真っ赤だった」

「うぅ……」

どんどん顔を赤らめていった雲雀は、鶲にトドメを刺されて完全に沈黙した。それからは黙々と箸を動かしている。

編みぐるみを褒められた経験があまりないから、こうなるのも仕方ないだろう。けど、自信満々で「編みぐるみを売ろう」って言ったのは、自分じゃないか……。

難しいお年頃なんだなと思いながら、俺は冷める前に料理を食べ終えた。

「さぁて、ゲームゲーム！　今日は宿題ないからね。ご飯食べたらすぐゲーム！」

さっきまでの消沈していた雲雀はどこに行ったのか。食器を流しの水に浸けてリビングに戻ってきた俺に、早速と言わんばかりにヘッドセットを押しつけてきた。

「お、落ち着け。雲雀」

それを受け取った俺は、雲雀をソファーに座らせ、黙々と準備してくれていた鶲の頭を撫でてからソファーに腰かける。

「じゃ、やるぞー」

ひと声かけてから、カポッとヘッドセットを被り、ログインボタンを押す。するといつものように、意識がゲームの中に入り込む感覚に襲われた。

それに身を任せれば、次の瞬間にはＲ＆Ｍの世界だ。

◆　◆　◆

俺が目を開けると、先日と変わらない王都の景色が広がっていた。少し遅れて、ヒバリとヒタキが姿を見せる。

それを確認した俺は、早速の自身のウインドウを開き、リグ達をここ、噴水広場に喚び出した。

「今日の予定は？　決まっているのか？」

よじ登ってくるリグを頭に乗せ、メイや小桜、小麦の頭を撫でつつ双子に問う。

するとヒバリが叫ぶように、元気に答えた。

「もっちのろんだよ！」

「ん、もちろん。今日はお城に行きます」

「……は？」

ヒバリに続いてヒタキが爆弾発言をしたので、俺は思わず素(す)っ頓狂(とんきょう)な声を出してしまう。

「1ヶ月に数回、お城の中が見られるんだよ！　それが今日ってだけ。タイミングはちょっと狙(ねら)ったけど」

「主要なとこには入れないけど、楽しいって」

「……そ、そうか」

「それじゃあ、城に向かってしゅっぱ～つ！」

城が一般公開されるというわけか。そんなこととして大丈夫なんだろうか。警備(けいび)が大変だと思うんだが……まぁ2人が楽しそうだから別にいいや。とりあえず神妙(しんみょう)に頷(うなず)いておき、噴水広場からは少し遠い王城へ向かった。

王城に続く道を歩いていると、観光客らしき人がどんどん増えていく。ログイン時間の調節で、好きなタイミングを選べる俺達のようなプレイヤーだけでなく、ＮＰＣ(ノンプレイヤーキャラクター)も多くいるので、一般公開の人気度(にんきど)が窺(うかが)える。きっと観光名所なんだろうな。城の前には、少し長めの列が出来ていた。

(*>ω<)

「お城、おっきいよねぇ～」

「んにゃにゃん」

前にも言った気がするけど、妹達が小桜と小麦の面倒を見てくれるので俺はとても助かっている。

双子のうち、どちらが主に世話をしているのか、って議論は無しの方向で。どっちも保護者ということで良いだろう。

そんなことを思っていると、列の最後尾にたどり着いた。

日本人男性として比較的身長が高い俺でも、R&M内では普通くらいだ。

背伸びをしても、前方の様子を窺うことはできなかった。

俺の背伸びが珍しかったのか、メイがこてんと首を傾げる。

(・ェ・`?)

「……め？」

「な、なんでもない」

俺は思わず、慌てて元の体勢に戻ってしまった。

しかし列の動きからして、10～20人くらいの集団になって、見学ツアーをする形式なのかもしれない。

ヒバリ達と「楽しみだね」なんて話をしているとすぐに俺達の番になった。

予想どおり、15人くらいの団体で見学していくらしい。

同行できるか心配していたリグ達も、一緒で大丈夫だとお墨付きをもらったので、気兼ねなく城内を見て回ることができそうだ。

お城の外観はザ・洋風といった感じ。少し灰色がかった、レンガ造りの西洋建物だった。

水を張った深く広い堀に、高い石造りの塀。俺が痛めそうなほど首を傾けて城を見上げていると、男性兵士が気の抜けた声で、手をメガホンにして叫ぶ。

『はーい、ちゅーもく。君達の案内を今回する、おじさん……お兄さんの名前はナルでーす。案内するのは全部で10ヶ所、ちゃんとついてきてねー！』

俺達を担当してくれるガイド――ナルさんは、二十代後半くらいの兵士だ。周囲を警戒する衛兵よりは軽装だが、左腰にしっかり帯剣していた。

はぐれたら大変なので、慌ててついて行く。

大の大人が10人くらい手を広げても足りないほどの幅がある跳ね橋を渡り、城内へ入ると、眼前に広がるのは真っ赤な絨毯。

掃除しやすさ重視なのか毛足は短い。とてもメンテナンスの行き届いた良い絨毯だ。

……日本人の俺に、西洋建築のウンチクなんて期待しないように。

ヒバリとヒタキのほうがゲームとかでファンタジーに慣れているから、分からないことは2人に聞いてくれ。俺には良い絨毯、としか表現が……。

俺がそんなよく分からない葛藤をしていたら、ナルと名乗った兵士がにこやかな笑みを浮かべて説明を始めた。

『ここはローゼンブルグ城の玄関で、正面の階段を上っていくと謁見場があるよ。正面から右に続く通路へは行けません。これから行くのは左側の大きな通路で、来賓者向けの部屋がたくさんあるよ。あ、入っちゃいけない場所の通路や扉の前には、衛兵が立ってるから分かりやすいと思うけど、迷子にならないよう注意してね』

右の通路は比較的、調度品に生活感があるというか……城の住人用のスペースって感じなのかな。

ナルに『行くよ～』と促され、あたりを見回しながら赤絨毯の廊下を歩いていく。

すると顔を伏せつつも、ブレのない動作で歩くメイドさんとすれ違った。

「ツグ兄ぃ、リアルメイドさんだよ！　やっぱりメイドさんはクラシカルだよね。めっちゃ可愛いっ！」

「はいはい、どーどー」

　手と顔以外、肌の露出はしません！　といったメイドさんの姿に興奮するヒバリを、俺は適当になだめる。

　ピカピカに磨き上げられた西洋甲冑。廊下のところどころに置かれている、高価そうな花瓶に生けられた四季折々の花……。

　花が季節感を無視しているのは、ファンタジー特有の魔法の力なんだろうか？　すごいな。

　ヒバリとヒタキは、廊下の左右に並ぶ豪奢な扉などを見て盛り上がっている。

「見てるだけで楽しいって、こういうことを言うんだろうね！　わくわくしちゃうよ～」

「ん、すごく楽しい。ここ、庭園もいいって聞いたから、見れたら嬉しい」

　なんでも案内人によって見学コースに違いがあるみたいで、このナルという兵士でなければ見られない場所もあるんだと。

ヒタキの言う庭園に行けるかどうかもナル次第なので、俺にはどうにもできない。

扉が大きく開かれた場所にたどり着くと、ナルが俺達を呼んだ。


『はぁい、1ヶ所目はココ！　晩餐会や舞踏会などに使われる大広間だよ～。この大広間では、貴族階級を持っていたり抽選で当たったりした市民が、結婚式することもあるね』


とりあえず運が良ければ、誰もがここで結婚式を挙げられるってことか。

大広間でまず目に飛び込んできたのは、美しい女性が何人も繊細なタッチで描かれた壁。

中央に描かれた金髪の女性には、とても見覚えがあった。

水の街アクエリアで見た――いや、驚きすぎてあまり見られなかった気がするけど、この女性は女神エミエールだな。

双子も俺と一緒になって、その絵をマジマジと見つめていた。他の人々も自由にウロウロしてるから、これくらいで怒られはしないだろ。


『壁の絵は革命が起こる前日に、巨匠と言われた絵画……』

申し訳ないけどナルの説明を聞き流しつつ、女性の絵を順番に見ていく。

薄い水色の髪を肩くらいまで伸ばした女性、暗い色の赤髪を足下まで伸ばした女性、ふわふわした若葉色の髪を持つ女性……どれもきっと女神様だ。

「これは、本物と違わずたわわな胸ですな」

「ん、そうですな。絵でも分かる素晴らしさ。我らもバインバインに育ってほしいものです」

「それ以上育つ気ですかな、ヒタキさん」

「大きいことはいいことですぞ、ヒバリさん」

「お、おのれぇ……」

ナルの話など完全にそっちのけで、ヒバリとヒタキが自身の胸と絵の胸を見比べている。

俺はメイを抱き上げ、窓辺に向かった。

(`・ェ・´)

「めめ！」

「庭園……じゃなくて、休息用の中庭かな？」

(° w° *)

「シュ～シュッシュ」

窓から外を覗くと庭が見える。噴水が中央にあり、周りに休息用のベンチが置かれ、何人もが休んでいた。ここは庭木が少なく狭いので、ヒタキの言っていた庭園ではないだろう。10〜20分くらいするとナルも説明を終えたらしい。手をメガホンの形にして大声を出した。

興奮している観光客の世話は大変そうだな。

次に案内されたのは客人用の広い食事部屋で、キラキラした装飾品に溢れており、そのイメージしか頭に残らなかった。

こんなにだだっ広い空間は必要なのか、と妹達が首を捻っている。ヒバリとヒタキは基本くっつくのが好きだからな、仕方ない。

「大広間、ご飯部屋、多目的室に来賓室、ちょっとした休憩スペース、来賓用読書室。2階に上がって鎧とかある自称物置と絵画スペース……むぅー」

ヒバリは煌びやかな装飾品や絵画ばかりで飽きてきたのか、頬をぷっくりと膨らませ、これまで回った場所を呟きながら拗ねる。

「はいはい、ひぃちゃんどーどー」

そんなヒバリを、ヒタキが俺と同じような言葉で諌めていると、ナルがとても楽しそうな笑みを浮かべた。

『目玉は最後まで取っておくものだよね。最後に案内するのは哨戒塔という場所で、この城には4つあるよ。ん、案内する場所が10ヶ所に足りてないって？　いやいや哨戒塔だけでなく、そこから見える「景色」も含めて10ヶ所。景色がすごいんだよぉ～』

城の四隅に建っている塔を指差し、誇らしい表情のナル。

他の観光客が拍手をして喜んでいるから、貴重な機会なんだろうか？

少々物足りなさそうにしていたヒバリとヒタキも喜び、歩き出したナルのあとを追った。

俺がメイを持ち上げ直していると、急にヒバリがUターンしてきて、こそこそっと近づいてきた。

どうしたのか聞くと、「哨戒ってなに？」と聞いてくる。

「敵の襲撃を警戒して見張ることだよ」と教えると、納得して、小麦を伴いヒタキの元へ帰っていった。

先ほど窓から見た中庭を通って石造りの哨戒塔の下部に着くと、思ったよりも大きくて圧倒されてしまう。俺は塔を見上げ、引きつった笑みを浮かべた。

「か、階段が長そうだな……」

Σ(＞ェ＜)

「めぇっ！　めめめぇ！　めぇっ！」

長いとは言ってもゲームなので、満腹度と給水度が減るだけだから、まだ良いけど。

明らかに鍛え上げられた兵士用の階段には、ＮＰＣの皆が苦戦する。それに手を貸しながら上がりきると、まさに死屍累々の状態になった。

元気なのは俺達プレイヤーと兵士のナルだけだ。ＮＰＣからは感心した目で見られているけど、俺も現実なら死屍累々のグループに入ると思うので、あまりそんな風に見ないでほしい。

彼らが回復するまでしばらくかかりそうだけど、見学の時間はたっぷりあるから慌てなくていいよ、とのこと。

一方の俺達は、４人体制で哨戒している兵士達には隅のほうへどいてもらい、大きな窓から景色を眺めてみた。

「うっわぁ～、これはお金が取れる絶景だね！」

「ん、規則正しく並ぶ民家も、真ん中にある大通りもいい。これは頑張って上った価値がある」

ぴょんぴょん飛び跳ねて喜ぶヒバリとヒタキ。

小桜と小麦も窓枠に乗り、一緒になって窓の外を覗き込んでいる。どちらも二股の尻尾をゆらゆらさせているから、楽しんでる……よな。そうだと思っておこう。

壮観な眺めを堪能している2人と2匹は放置してよさそうなので、俺は頭上にいるリグと腕に抱くメイのために、指を差しつつ説明を試みる。

「リグ、メイ、あっちの派手な屋根が冒険者ギルドだな」

(｀>w<)

「シュ？　シュ～シュッ」

(・ェ・｀?)

「めぇめっめめめぇめ」

2匹とも、なんとなく分かったって感じかな？

見ているだけでも楽しいけど、こうやってワイワイ会話するとすごく面白い。

身を乗り出しすぎて危ないヒバリを、ヒタキと一緒になって引っ張り戻したりしていると、あっという間に時間が過ぎていく。

30分くらいすると、ナルが残念そうに手を打ち鳴らした。そろそろ時間らしい。

『これで見学は終わりだよ。城門まで送るから、最後の最後で気を抜いて迷子にならないよう、しっかりついてきてね～』

ナルがそう言って歩き出すので、俺達も後ろに続いた。なんだかナルの口調には、「お家に帰るまでが遠足です」ってニュアンスが含まれている気がしてならない……。

「庭園より、ずっとレアな場所に連れてきてもらっちゃったね！　これはめっちゃ自慢できるぞぉ～！」

「ん、よかったよかった」

(*>ω<)(>ω<*)

「「んにゃにゃんにゃにゃ」」

そんな話をしているうちに城門に戻ってきて、これで解散かと思ったら、いきなりナルが大声を上げた。

『あ、そうそう！　忘れるところだった。この場にいる冒険者の皆さんに一言、我々は年齢や性別関係なく、あの哨戒塔を息切れなく上りきれる君達の入隊を、心からお待ちしてるよ～。安定収入と、頑張れば頑張った分だけの昇格は約束できるからね！』

明るい口調とは裏腹に、目が笑ってないような気がする。ってか、明らかに笑ってないって。

ナルの気持ちも分かるがちょっと怖い。案の定、全員が静かになってしまった。

そして、直後の『じゃあ解散』という拍子抜けするくらい気の抜けた声を合図に、王城の見学会は終わりを迎えたのだった。

と、とりあえずヒバリもヒタキも満足した様子なので、いったん噴水広場にあるベンチに戻って、次の計画を聞こうか。

◆◆◆

噴水広場のベンチに座り、各々が膝の上にペット（俺ならメイ）を乗せて、モフモフを堪能する。

そんなことをしていると、ヒバリがとても満足した表情でヒタキに話しかけた。

「最後ちょっと怖かったけど、楽しかったね！」

「仕方ない。どの国にとってもそうだけど、傭兵にもなる冒険者はいつ敵になるか分からない。優秀な冒険者にはできるだけ唾つけたい、んだと思う」

「あぁ、なるほどな」

ヒタキもナルの変貌に思うところがあったのか、視線を地面に向けながらしっかりした口調で話した。俺もなんとなく分かった気がする。優秀な人材を仲間に引き入れたいのは当然だからな。

まぁ俺達には関係のない話だから、記憶の片隅に留めておくだけで良さそうだ。

そろそろ大きい戦闘イベントがありそうだとか2人は話してるけど、どうなんだろうな。ある程度ゲームには慣れてきたし、戦闘好きな仲間もいることだし、もしかしたら参加するかもしれん。

「次は何するんだ？　もうお昼を過ぎてるから、時間がかかることはできないかもしれないけど」

「ふっふっふ、それなら心配ないよツグ兄ぃ！」

俺が問いかけると、ちっちっちと人差し指を左右に振り、ドヤッとした表情をするヒバリ。

「はぁ……」

俺は思わず気の抜けた返事をしてしまったが、全くもって気にしていないようだ。

「ふへへ、王都は驚きと楽しみに満ちているんだよ、ツグ兄ぃ。次は魔法石を掘りに行こうか！」

「ほ、掘りに……？」

高らかに言い放たれた言葉に、俺はものすごく困惑する。

王都に鉱山はなかったよな……と首を傾げていると、ヒタキが服の袖を引っ張った。

「ここにはちょっとしたダンジョンがある。魔物があまりいない、魔法石掘りができる。はかどりまくり」

俺の耳に手を当てて、コソッと告げて離れていくヒタキ。

ヒバリの言い放った言葉もだが、今のヒタキの行動もよく分からん。

「まぁ、魔法石が採れるなら行ってもいいかもな。防具の強化ができるみたいだし」

簡単に言うと、防具を強化できる魔法石の採れるダンジョンがあって、そこで頑張って採掘をすると。ツルハシとかなくてもいいのかな？

メイの大鉄槌で壁を殴ればいいのかもしれないが、他の諸々は準備しなくていいのか？

そんなことを聞くと、「ツグ兄ぃの料理と、全部の壁を殴り壊す気力があれば大丈夫だよ！」と、満面の笑みを浮かべた妹達にグッジョブポーズを返されてしまった。

じゃあ行こう、とメイを抱いたまま立ち上がり、ヒタキに道案内を頼む。

俺は知恵の街エーチで見たあの高い建造物しか知らないから、他のダンジョンがどんな感じなのか分からないんだよな。うん、覚えることがいっぱいだ。

ヒバリとヒタキに連れられてきたのは、広場の近くにある冒険者ギルド。哨戒塔からも見えたここが、どうやらダンジョンの入り口になっているようだ。

とはいっても、俺にはどうしたらいいのか分からない。ヒタキに視線を向けると、控えめな声で「受付に行こう」と言われた。

受付に着くと、ヒバリが元気よくお姉さんに話しかけた。

「こんにちは、お姉さん！　魔法石のダンジョンに行きたいんですけど、空いてますか？」

『こんにちは、可愛らしい冒険者さん。まだまだ空きがあるので、すぐにでも行けますよ。手続きしますか？』

「よろしくお願いします！」

突然のヒバリの質問にも笑顔で対応してくれたお姉さんが、早速手続きを始める。良い人だな。

手続きを進めながら器用に注意点の説明もする、その手際に俺は感心してしまった。

確か接客系のスキルや書類整備のスキルがないと、ギルドの受付は務められないんだっけ。給料がよくても大変そうだ。

あ、ちなみに諸注意は……こんな感じだな。

◇他の多くの冒険者も魔法石を求めてダンジョンに潜っているよ。いざこざを起こさず、遭遇しても見て見ぬ振りをしましょう。

◇ダンジョンの心臓である核は、もっとも大きい部屋の中心に浮いているよ。これを外に持ち出したらダンジョンが消えてしまうので、持ち帰ったりしないように。

◇ダンジョンは蟻の巣状に広がっているので、迷子になったら貸し出された腕輪を壊しましょう。

転送の魔法陣が刻まれているので、ダンジョン入り口まで移動できます。ただし少々お高い。

◇これらを守れないと厳しい処分が待っているよ。最悪ギルド資格の剥奪。

渡された腕輪は細身のシルバー製で、簡単に壊せるようになっていた。
飾り気のないシンプルな腕輪をまじまじ見ていると、受付のお姉さんが話し出す。

『これで全ての手続きが終わりました。時間制限もございませんので、心行くまで楽しんでください。お帰りの際は、また受付にお立ち寄りくださいませ。腕輪の返却などの必要がございますので』

「はーい！」

『気をつけて行ってらっしゃいませ』

『入り口はあちらです』と教えてもらい、元気なヒバリ達を引き連れ、早速入り口に向かった。

採取できる魔法石の量に制限はないし、入場料もないから、魔法石の量によっては売って儲けられるかもしれないな。今回は自分達で使うけど。

「ギルドの中にダンジョンの入り口があるって、ちょっと面白いよね」

「ん、ちょっと面白い。魔法石掘り、頑張ろ」

「ほら、行くぞー」

(｀>w<)

「シュシュッ」

楽しそうに話す双子を促し、ダンジョンの入り口に立っている職員に腕輪を見せる。

入り口をくぐると、石や土が剥き出しになった空間が広がっており、すぐにダンジョンだと分かった。

松明のような魔法具の照明が、一定の間隔で壁に掛かっている。なので決して真っ暗ではないけど、魔物がいるかもしれないので気をつけないと。

はしゃぐヒバリを落ち着かせ、早くもモフモフに手を突っ込み、大鉄槌を取り出そうとするメイは頭を撫でて止める。

蟻の巣状にダンジョンが広がっていて、そこかしこに人がいるなら、ヒタキ先生のスキルが役に立つはずだ。

「ヒタキ、スキルで人気のない場所を調べて、誘導してくれるか？」

「ん、任せて。少し奥まで行くけど、大丈夫」

力強く頷いてくれるヒタキが、とても頼もしく思える。いつもお世話になります。

移動を始める前に小桜と小麦に顔を寄せ、今回はヒタキについていくように伝えた。

猫又は少しの光があれば周囲を見渡せるので、きっとヒタキの助けになってくれるだろう。

快く了承してもらえたので、俺も安心して後ろをついて行く。

薄暗くて狭いけど、地下なのに湿っぽくないのでまだ快適だと思う。あくまでも俺の主観だけどな。

蟻の巣のような細い道を進み、何度かツルハシやスコップで魔法石掘りをする冒険者と遭遇し、ようやくヒタキが足を止めた。

「ん、ここで魔法石掘りしよう」

「うん、そうだね。ここなら良さげかも！」

何が良さげなのか俺にはさっぱり分からないけど、２人がそう言うのなら任せよう。

小桜は前方、小麦は後方にいてもらうことにしたので、帰り道に迷うこともないはず。

それにヒタキがいるし、一応俺も道を覚えているからな。

あたりを見渡しながらうずうずしているメイに、ヒバリが声をかけた。

「さて、メイの出番だよ。思い切りどうぞ」

「めめっ！　めぇめっめめめ！」

d(`・ェ・´)b

途端に表情を輝かせたメイが黒金の大鉄槌を取り出し、元気な声で振り下ろす。

ダンジョンの壁は再生スピードが速く、ＳＴＲ（力）の低い冒険者は採掘するのが大変だろう。だが俺達には破壊力抜群のメイがいるので、こういうことに苦労することはないかなぁ。

大きな音を立て、黒金の大鉄槌がダンジョンの壁を穿った。

大小様々な岩が周囲に散らばり、それらをヒバリとヒタキが拾い上げては、魔法石はどれだと探し始める。

再生スピードよりわずかに早く、壁を壊していくメイ。これなら、まるで栗拾いをしている様子の2人に任せておけば大丈夫そうだ。

騒音で魔物を呼び寄せてしまうんじゃないかな……と思いつつ、あたりを見渡す。

一定の時間が経過すると壊れた岩は消えてしまうので、スピードアップのため、俺もヒバリやヒタキと同じく魔法石を探すのが良いかもしれない。

でもここはあまり広くないから、俺まで参戦したらおしくらまんじゅう状態になってしまいそうだ。それはそれで楽しいかもだが、さすがに思いとどまり、頭上のリグと一緒に考える。

「んー、どうしようか」

「シュッシュシュ～」

(・w・`?)

ゆっくりとリグを撫でていると、小麦のいる後方から青年がやってきて、驚いたように叫んだ。

「なんだこの騒お――うぉっ、ね、ねこたんっ！」

俺達もそうだったけど、採掘中の冒険者と出会うと色んな意味でビックリするよな。うんうん。

小麦を見て一瞬嬉しそうにした青年は、ハッとして、ささっと通り抜けようとした。しかし今度は小桜を見つけ、とても触りたそうな顔をする。

結局我慢して、キリッとした表情で去っていった。

そんなに触りたかったら、触ってもよかったんだけどな。

それからしばらくして、中腰で探し続けていたヒバリがガバッと立ち上がり、片手を突き上げ思い切り叫んだ。

「やった、魔法石見つけたよ！　1個目じゃいっ！」

小指の爪ほどしかない魔法石だが、嬉しいのは俺も同じだ。テンションの高いヒバリから魔法石を受け取る。

【無名の魔法石】

ダンジョン内で生成された透明な魔法石。極稀にしか採取できず、あまり市場には出回らない。武器や防具の強化素材、錬金術の素材、MP補給などの用途に用いる。保有魔力量、残り18。

以前、エーチのダンジョンで手に入れたスケルトンの魔法石とは色が違った。一応調べてみると、あれよりは質の悪いものらしい。

でもヒバリとヒタキの防具を強化できる貴重な素材なので、なくさないよう大事にインベントリにしまった。

それから小一時間、主にメイが頑張ったけど成果は芳しくない。

まあすぐに見つかるアイテムなら、今までに何個も入手してるか。

俺がそんなことを考えていると、ヒタキとメイが何やら話し込んでいる。

「しばらくしたら、違う場所も掘ってみよう。良いポイントにぶち当たるかも」

(｀＞ェ＜)

「めめっめぇめっ！」

「ん、がんば」

一方のヒバリは、地面に転がる岩の欠片が消えていくのを眺めていたり、自然に修復されていく壁を見つめていたりしている。

メイが壁を壊さないとやることが無いので、暇なんだろうな。

やがてヒタキとの会話を終えたメイが、これまでとは反対方向の壁の前で黒金の大鉄槌を構えた。それを思い切り振り下ろすと、轟音が鳴り響く。

　これ、すごく今さらなんだけど、騒音問題とかにならないよな？　ちょっと心配。

「うぅ～、なかなか見つからないねぇ。まぁたくさん見つかってたら、あんなに高くないし……」

　転がってきた石を選別していると、ヒバリが気になることを言った。

「高い？」

「ん？　うん。魔法石ってそこそこ高いよ。魔力の純度がなんとかって、さっき見つけたやつでも、数千Ｍするんじゃないかな？」

　俺が聞き返すと、ヒバリは小さく頷いて話してくれた。

　なるほど、としか言いようがない。魔力の純度についてはよく分からないけど、そんなに高いのなら自力で手に入れたほうがいいな。うん。

　ちなみに、魔物の体内で精製された魔法石のほうが高いらしい。このダンジョンで見つかる無名の魔法石は少しお安め。

「出費がバカにならない、ってやつか。武具の強化でお金がなくなるとか、本末転倒だしな」

「うんうん、ファンタジーのゲームだとしても、このあたりが世知辛いんだよねぇ。あ、みっけ！」


場所を変更したことが良かったのか、その後の発掘作業は比較的順調だった。

相変わらず小指の爪ほどの魔法石ばかりで、大きくても数センチの魔法石しか見つからないけど。

俺はしばらく無心で拾っていたが、皆が疲れてきたように思えたので、いったん休憩しようと提案した。

足下に転がってくる石しか見ていなかったように見えて、実は俺は周りを見ていたのだ！　な、なんてな。

メイが黒金の大鉄槌を振るスピードも、魔法石と石を選別するヒバリとヒタキの集中力も、落ちてきていたからな。

今は大丈夫だとしても、何か事故があってからじゃ遅いから、今休憩するべき。

インベントリから適当な布を取り出して地面に広げ、そこに座るよう促した。

「んん〜、ずぅ〜っと腰屈めてたから、凝ってる気がするぅ〜。あ、小桜と小麦もおいで〜」
「むぅ、精神的疲労も考えないと……」

ヒバリが少し離れた場所にいた小桜と小麦を呼んでくれた。

俺は布だけでなく、インベントリから必要なものを選んで取り出していく。

満腹度や給水度のゲージはそれほど減ってないので、今は軽く摘まめるものだけでいいだろう。

お疲れモードで小桜と小麦を撫で撫でする双子には、疲労回復効果がありそうなハーブティーを渡した。

期待に満ち溢れた表情をしているリグ達には、お菓子を配る。

随分とストックが減ってしまった。今度、まとまった量を作らないとな。

ハーブティーとお菓子を摘まみながら、ヒバリが採取物を指折り数える。

「ん〜と、魔法石が8個に、魔法石の欠片が12個。魔力を帯びた宝石が3個。普通の宝石が6個」
「ふふ、上々。ミィちゃんとも話してあるから、全部ヒバリちゃんの着物につぎ込む」

ヒタキはそれにうんうんと頷き、俺のほうを向くと、いつものようにグッジョブポーズをした。

「ヒバリが耐えられないと総崩れになるもんな。まずは防具の強化が先決か」

「ん、そういうこと」

俺も以前に聞いて了解していたので、同じポーズを返した。しかしそこで、聞き慣れない言葉が出てきたことにふと気づき、首を捻る。

「……って、魔法石の欠片？　魔力を帯びた宝石？　それ、初めて聞くよな？　普通の宝石は分かるけど」

「あ、渡すの忘れてた！」

ヒバリが慌ててこちらを向いた。

別に怒っているわけじゃないんだし、その口に詰め込まれた食べ物を、よく噛んで呑み込んでから話しなさい、と諭しておく。慌てるのはよくないぞ。

ゆっくりもぐもぐし始めたヒバリは、隣で食べているリグ達と共にいったん放置して、俺はヒタキから例の物を受け取った。

【魔法石の欠片(かけら)】
名前のとおり魔法石の欠片。魔力を有してはいるが、ないよりマシな程度。少しだけ魔力を足(た)す場合に重宝(ちょうほう)する。
【魔力を帯(お)びた宝石】
魔力の濃(こ)い場所に長時間置かれていた宝石。使い道は魔法石より限定されるが、魔術の触(しょく)媒(ばい)などに使われる。保有魔力は10～30。

……俺の錬金(れんきん)で使えそうな気もする。はっきり断言(だんげん)できないのは、俺があまり錬金のレシピを調べていないからだ。反省しなきゃな。

まぁ多分役に立つと思うので売らないでおこう。尚(なお)、金欠時は売却予定。

「よし、もういっちょ掘り掘りしますかね！」

「めめっめめぇめっ！」

d(`・ェ・´)b

最後のクッキーを食べ終えたヒバリが勢いよく立ち上がると、メイもそれに続いた。

ヒタキは小桜と小麦を撫でつつ言う。

「小桜、小麦。暇かもしれないけど、またお願い」

2匹はゆったり起き上がり、先ほどと同じ場所に移動した。

地面が土や岩だから冷たくないかなと、今さらながら心配してしまう。あとで可愛がってやろう。

(｀・ェ・´)

「めぇめっめめめっ！」

これまでとはまた異なる壁の前に立ったメイが、元気な声を上げ大鉄槌を振り下ろす。

スピードがない代わりに攻撃力は凄まじく、見慣れている俺でも思わず凝視してしまう。

頑張れメイ。

それから2時間以上作業に没頭し、魔法石採掘はかなりの成果を挙げた。

合計で手に入れた魔法石は17個。

魔物を倒すより効率が良く、ヒタキ先生も満足そうだった。ホクホクした表情を浮かべてメイを撫でながら、感謝を伝える。

「これで、ヒバリちゃんの防御が固くなる。メイのおかげ、ありがとう」

ヽ(＊・ェ・＊)ノ

「めめっめめめめぇめ」

メイは照れたように、小さな尻尾をブンブン振った。

その様子に、俺もヒバリもとても癒されたのだった。

ずっと待っていてくれた小桜と小麦の労を労い、ダンジョンの入り口へと引き返す。

道に迷うこともなく無事にギルドへ帰ってくることができたので、シルバーの腕輪を返却するため受付に向かった。

入場時に対応してくれたお姉さんの姿が見えずヒバリは少々しょげていたが、仕方ないと空いている列に並んだ。

『こんにちは、冒険者の方々。今日はどのようなご用件でしょうか？』

受付の人にもそれぞれ個性があるようで、柔和な人から敬語を使わない人、完全に田舎のおばちゃん口調な人まで様々だ。

そんなことを考えていたら、俺の番になったのに返事がワンテンポ遅れてしまった。

何気なく腕輪を返して誤魔化す。ボーッとしていたらダメだな。

採掘したものはとりあえず売らないので、腕輪の返却が終わったら、俺達はいったん噴水広場のベンチへ移動した。

考え事をするならやっぱりここだよな。

まだまだ時間もあるし、さてどうしようか。

「残り時間はあんまりないし、ツグ兄ぃが料理するに1票かな。手持ちも少なくなってきたみたいだから」

「ん、一番いいのはそれだよね」

俺が考えるまでもなく、ヒバリとヒタキがすぐに決めてくれた。

とはいえ俺も料理かな……と思っていたので、妹達が同じ意見だったことに嬉しい気持ちでいっぱいだ。

そうと決まれば、ささっと立ち上がって作業場へ向かう。

中途半端な時間だからか、作業場の共同スペースにはほとんど人がいなかった。まぁ俺達は個室に行くので、共同スペースが空いていても意味はないんだけど。

2階の個室に入ると、まずは備え付けのテーブルを囲んで椅子に座る。少しは考えないと、料理もマンネリになっちゃうからなぁ。

「んー、手持ちの食材を使い切る感じで作ってみようと思う」

「うんうん。いいんじゃないかな！　ツグ兄ぃの料理はなんでも美味しいし、私大好きだよ！」

「ん、私も大好き。使い切ったら、次にログインしたとき食材買いに行こう」

俺が悩みながら2人に話すと、元気に答えてくれた。ちょっと返事が雑な気もするけど、俺もよく、そういう返事しちゃうからな。

もしも料理がなくなったら……ヒバリ達の絶望する姿が目に浮かぶ。なのでここは俺も頑張らせていただこう。

「じゃあ、あとで手伝ってもらうかもしれないから、心するように」

「はーい！」

(｀>w<)

「シュシュッシュ～！」

椅子から立ち上がり皆の顔を見渡しながら言うと、元気なヒバリの声に紛れて、リグもいい返事をしてくれた。

一番料理を楽しみにしているのはリグっぽいなぁ。作り甲斐は増すけども。

作業台に向かった俺はインベントリを開き、アイテム欄と睨めっこ。

スライムスターチはスライムを倒せば手に入るのでたくさんあるが、肉も野菜もそこまで多くないんだよな。

アイテム欄を整理する際にまとめちゃったりもしてるから、ぶっちゃけなんの肉だったのか分からないやつもあった。

インベントリに入れてある食材は賞味期限を気にしなくてもいい。でも、今日は全てを使い切ってしまおう。んで次のログインで食材を調達する、と。

「……大量消費するなら、あれでいいか」

色々なレシピを頭の中で考えつつ、小さく呟く。

野菜に肉、魚とキノコがある。卵も少しあるし、スターチは売るほどある。

だったらアレしかないな。

食材をひたすら刻んで刻んで刻みまくって、卵でひとまとめにしてしまうオムレツだ。

これなら材料の必要量がアバウトなので適当かと。

玉ねぎ、ピーマン、人参、タケノコ、何種類かあるキノコ、何種類もある肉、ベーコンを取り出して並べ、ひたすらみじん切りにしていく。

以外と量があったりするので大変だ。


「……とりあえず、みじん切りは終わった」


作業台の下から木のボウルを取り出し、みじん切りにした食材と卵、塩コショウ、バターを入れてよくかき混ぜる。

インベントリの隅っこにチーズも残っていたので、それもちぎって入れて混ぜ混ぜ。

混ざりきったら、ちょうど良い大きさのフライパンを作業台から探し出して、バターをひと欠片入れる。弱火で溶かし、フライパン全体に回したら、ボウルの中身を全投入。

木ベラで混ぜながら焼き、周囲が少し固まり始めたら蓋をして蒸し焼きにするよ。

ひっくり返せる状態になったら蓋を取り、フライパンを揺さぶってから、軽く一回転。

うまく一回転ができない人は、ヘラを使ってやったほうが失敗しなくていいかもしれない。

もう片面も弱火でじっくり火を通していく。

蒸し焼きにしているから、時々焦げないようフライパンを振るだけにして、なるべく触らないように。

3~5分くらい経って、いい感じの焼き色がついたら軽く押してみる。

液体が出てこないようだったら大丈夫だ。お皿に取り、あら熱を取ってしまおう。

ハムやチーズ、塩コショウでしっかり味がついているから、冷めても美味しいはず。

【お肉とお野菜たっぷりオムレツ】
これでもかとみじん切りにした、お肉とお野菜の入ったオムレツ。熱々でも冷めていても美味しさは折り紙つき。レア度5。満腹度+25%。
【製作者】ツグミ(プレイヤー)

「んんん~、良い匂い」

「シュ~シュッシュ~」

(*´w`)

とりあえず一品出来たとホッとしていると、ヒバリとリグの声が聞こえてきて、少しばかり気が抜けてしまった。

褒めたって料理しか出ないぞ。これは後々食べることにしてインベントリにしまい、次に作るメニューを考える。

持て余しているスライムスターチ……用途が限られ豊富に余っているクルミやレーズン……クルミなどはそのまま食べてもいいんだけど、料理できるならしたいよな。

よし、双子には簡単なクッキーを作ってもらって、俺が乾物入りのパンを焼けば、大量に消費できるはず。これが一番いい案だな。

２人に手伝ってもらって大量生産しよう。

「……お、型抜きがあるぞ」

妹達を呼ぶ前にある程度の準備をしてしまおうと、作業台の下をゴソゴソ探したら、お菓子作りに使う型抜きを奥のほうで見つけた。

「ヒバリ、ヒタキ、ちょっと手伝ってくれ」

とてもいい案が思いついたので、そわそわしている2人を呼ぶ。

「んー？　なになにー？」

「ん、もちろん。お手伝いなら任せて」

快く寄ってきたヒバリ達に、スライムスターチと乾物を指差しながら説明する。すると神妙な面持ちで頷かれた。

まぁほぼ同じ工程だし、混ぜて練って型を取って焼くだけだから、失敗はしないだろう。

ヒバリとヒタキの前にボウルをふたつ置き、スライムスターチ、砂糖、バター、レーズン、クルミを用意する。

バターを溶かし、全ての材料を混ぜてよくこねる。５ミリくらいの薄さに伸ばしたら型を抜き、１７０度の窯に入れ待つこと15分くらい。簡単だろう？

「なんか、料理してるって感じがするね！」

「ふふ、いつもはダークマターしか作れないもんね。私達は不器用、すぎた……」

「……くぅっ、世知辛いっ」

「でも、これで失敗するほうが難しい。隣には最強主夫のツグ兄がいるし」

「それを言ったらおしまいだよ、ヒタキさん」

わいわい楽しそうに型抜きしている2人を横目で見つつ、俺はマフィンっぽいパンを作ろうと準備に取りかかった。

用意するのは万能粉スライムスターチ、バター、卵、牛乳、砂糖、レーズンやクルミだ。

バターをボウルに入れ、クリーム状になるまでひたすら混ぜる。

レーズンとクルミ以外の材料を全て入れて混ぜ、刻んだレーズンとクルミを投入……するのだが、今回は一緒に入れず、別々の味を目指してみよう。

紙で作ったカップに生地を入れ、１６０度に熱したオーブンで15〜20分、様子を見ながら焼き上げたら完成。

【型抜きクッキー】
綺麗なものから端が欠けているものまで、不揃いな型抜きクッキー。レーズンやクルミが入っていて、とても美味しそう。型は星、ハート、クマ、ウサギ、犬、猫とバリエーション豊富。レア度3。満腹度＋3％。
【製作者】ヒバリ＆ヒタキ（プレイヤー）

【レーズンとクルミのマフィン風パン】
食べやすいパン。レーズン味とクルミ味で分けられており、匂いがたまらない一品。レア度4。満腹度＋7％。

【製作者】ツグミ（プレイヤー）

俺が料理を作ると、ほとんどがNPCより美味しいレア度4だ。それに対し、ヒバリとヒタキの作ったクッキーがレア度3なのはなぜだろう？　やっぱりスキルがないからか？まぁ、双子がまたダークマターを作らなかっただけよしとしよう。あれはどうやっても食べられないしな。

「……よし。これでインベントリにも空きが出来た」


いま食べる分を除いて全てインベントリにしまっても、随分と空きがあったので、俺は思わず微笑んでしまった。

だけど必要なものは忘れずに購入して補充するようにしないと。

ゲームならではの食材を料理するのも楽しくなってきたからな。また探してみるか。

2人お手製のクッキーをテーブルに並べてから、俺は大きな水筒を取り出し、大量にハーブティーを作ることにした。

これはゲームならではだけど、適当に作っても美味しくなるので、インベントリから大ざっぱにハーブを取り出して煮込むだけでいい。

本当に美味しいから、色々と負けた気分だ……。

ハーブティーを飲みつつクッキーを食べていると、ヒバリがボヤく。

「んん～、そろそろログアウトしなきゃだねぇ」

「まだ時間はあるけど本当に少し。だったらログアウトして、明日の作戦立てたい」

ヒタキが肯定するように頷き、俺のほうを見た。

「ゲームしながらでもサイトは見れるけど、家のパソコンのほうが見やすいもんねぇ～」

「シュ～」

d(`・w・´)b

ヒバリが言うと、なぜか俺の手元でクッキーを食べていたリグが返事をしたので、思わず俺達は顔を見合わせて笑い合った。

まぁヒバリやヒタキの言うとおり、そろそろログアウトするのが良いだろう。

散らかしてしまったものをインベントリにしまい、最後のクッキーを今日最大の功労者であるメイの口の入れてやった。

あ、たとえヒバリの装備につぎ込むんだとしても、魔法石の合成をするのは、ミィがいるときのほうがいいだろうな。

「さて、忘れ物はないな。じゃあ行くぞ」

(*´ェ`)b

「めめっ！　めめぇめ！」

「お、いい返事だ」

もう一度メイと部屋の中を見渡してから、作業場を後にした。

いつも通り噴水広場に行き、リグ達に別れを告げてステータスを休眠状態にしていく。

今日もお疲れさまだったな。

リグ達が消えるのを見届け、俺達もログアウト。

ボタンを押すと、すぐに目の前が暗くなる。その感覚に身を任せていれば、気がついたらリビングってわけだ。

ちなみに、これに抗ったらログアウトに失敗するらしいぞ。

目を開けると見慣れたリビングだった。

雲雀と鶲もちょうど目を覚まし、一緒になって思いきり伸びをしている。

「んん～！」

「ちょっと身体痛くなるのが難点。もう少しクッション持ってくる。次の機会に、もふもふ」

「そうだね。ちなみに、美紗ちゃんはベッドに寝ころんでやってるみたいだよ」

「ほうほうふむふむ」

カポッとヘッドセットを脱ぐと、２人が何やら話し合いを始めた。

このソファーも母さんが随分とこだわって選んだから、柔らかくていい感じなんだけど、何時間も身体を預けているとさすがになぁ。

「……ん？　あ、そういえば」

鶲の「クッション」という言葉に、頭の片隅にあった記憶が呼び起された。

少し前に友人から送られてきた、大きなビーズクッションが物置部屋にあったような？

使い道の分からないトーテムポールを送ってきたときはさすがに全力で殴ったけど、今回ばかりは役に立つかもしれない。

「つぐ兄ぃ？」
「んー、ゲームの片づけでもしてて」
「う、うん。分かった」

頭上に大量の疑問符を浮かべる雲雀を残し、俺は物置と化している一室へ。

定期的に掃除をしたり窓を開けたりはしているが、それ以外ではいつも閉めきっているので、埃と湿気の臭いが気になってしまう。

今度の土日、妹達に手伝ってもらって大掃除でもしようかな……じゃなくて、今はクッションだ。

「うーん、こっちにあるはず……あったあった」

だいたいの場所は覚えていたので、少し探すと目当てのものが見つかった。

大量に送られてきたクッションのうち、約半数が入った袋を引きずり出す。

掃除機で空気を吸い出す圧縮袋に入っているからペッチャンコなんだけど、封を開ければ元通りになるはずだ。

　さて、無事に見つかったので雲雀と鶲の元へ戻ろう。

　圧縮袋を持ってリビングに行くと、俺がこんなものを持ってくると想像できなかったらしい2人は、キョトンとした表情で見つめてきた。

「えっと、つぐ兄ぃそれ、なに？」

「……平べったい」

「はは、お前達ご所望の品だよ」

「「？」」

　問いかけてきた2人に、俺は小さく笑いながら答える。

　するとより疑問が深まったらしく、双子は顔を見合わせて首を捻った。

　俺はそこまで意地悪じゃないから、焦らすことなく、袋の封を開けて中に空気を送り込む。

「あ！　お土産でもらったのに、即座にしまわれてた小鳥のビーズクッション！」

大きなクッションが元の形を取り戻すと、雲雀がビシッと指を差して叫んだ。
なんだか説明口調のような気もするが、俺の説明する手間が省けたからよしとしよう。
そしてそう、これは雲雀の言うとおり、お土産としてもらったものなんだ。
色んな鳥のイラストがプリントされたクッション——俺達兄妹の名前に対応した鳥だから、ダジャレのつもりか？

「お、結構触り心地いいんだな」

小さなビーズを使っているらしく、独特の感触がした。
俺は興味津々な表情で近づいてきた鶲に渡してやる。

「自分の鳥さんクッション、もちもち」

鶲は気に入ってくれたらしく、ギュッと抱きしめて堪能している。
雲雀にも同じようにクッションを手渡した。

「これでゲーム中も身体が痛くならない、かも！　まぁ、慣れってのもあるんだろうけど」

「ん、もちもち」

「ひ、ひぃちゃん……」

「もちもちもっちもち」


嬉しそうに顔を綻ばせる雲雀と、もはや「もちもち」しか話さなくなった鶲。

こんなに気に入ってくれるなら、もっと早く出してくれれば良かったな。まだ伝えていなかったお礼もあとで送っておくか。

俺用のビーズクッションを取り出すと、母さんの分はソファーの片隅に置いておく。予備というよりも、ひとつだけ物置部屋に返すのもなんだしな。

よし、これで身体が痛くなる問題も解決だ。明日、つまり火曜日も学校がある雲雀と鶲に寝る準備をするよう促す。

もう風呂には入っているので、テレビを見たり楽しく話をしたりしていると、すぐにちょうどいい時間になった。

歯を磨いた双子が自室に行くのをしっかり見届ける。

「……ふぁぁ、俺もさっさと寝よう」

雲雀と鶲を見送って明日の準備をしていたら、大きな欠伸が出た。

風呂に入ろうとした俺だが、その前に携帯でクッションのお礼メールを適当に打ち、大した見直しもせず送信しておく。

そして風呂上がりの心身共にほかほかした状態のまま、上機嫌で寝入ることにした。

【運営さん】ＬＡＴＯＲＩ【俺達です】part 6

（主）＝ギルマス
（副）＝サブマス
（同）＝同盟ギルド

1：プルプルンゼンゼンマン（主）
↓見守る会から転載↓
【ここは元気っ子な見習い天使ちゃんと大人しい見習い悪魔ちゃん、生産職で女顔のお兄さんを温かく見守るスレ。となります】
前スレ埋まったから立ててみた。前スレは検索で。
やって良いこと『思いの丈を叫ぶ・雑談・全力で愛でる・陰から見守る』
やって悪いこと『本人特定・過度に接触・騒ぐ・ハラスメント行為・タカリ』
紳士諸君、合言葉はハラスメント一発アウト、だ！
・
・
・
191:焼きそば
>>184こう、なんかいい感じに頼みます。なんかこう、色々といい感じに。

書き込む　全 部　<前100　次100>　最新50

192:コンパス

よっしフレンド100人超えた！　もちろんギルドの人ら抜かしてだからな！　リア充！

193:ましゅ麿

あ、ロリっ娘ちゃん達がログインしたぞ〜。社畜よ！　今日も癒されて明日の荒波に備えるんだ！

194:kanan（同）

>>189このあたりは魔法石か、周囲の魔物、あとは並ぶだけの価値があるかは分からないけど、城の見学とかもあるぞ？　自分で見つけよう。

195:夢野かなで

ロリっ娘ちゃんどこ行くんだろ〜？

196:もけけぴろぴろ

>>187リヴァイアサンだろ？　あれはまだ難しいんじゃないかな？　落ちたら即死みたいなもんだからねぇ。俺達、陸の生き物だし。

197:iyokan

>>192リア充おめでと！

書き込む　全部　<前100　次100>　最新50

198:フラジール（同）

あの方向からしてお城の見学かな？　ごく一般的な場所しか見れないけど、リアル城よりリアルだから見応えはあるよ。現役の城！　って感じ。なお、語彙力は母親の腹の中に置いてきてしまった模様。

199:NINJA（副）

お城にコッソリ近づけないでござる。めっちゃ怖い目の人達が睨んでくるでござるよぅwww

200:つだち

>>191もっと分かりやすくwwww

201:かなみん（副）

お城は働いてる人しか使えない図書室に案内してもらった。あれは圧巻だったよ。国に関わるような大事な本は違う場所にあるんだろうけど、圧巻だった。

202:棒々鶏（副）

追いかけていっても一緒の見学は無理そうだし、ここは大人しくしておこう。危険はないはず。

書き込む　全部　<前100　次100>　最新50

203:かるぴ酢

>>199あたりまえだろ！　www

204:黄泉の申し子

庭園はすごかったなぁ。トワイライト・ローズって黄昏時じゃないと咲かない薔薇を見せてもらった。なんかねぇ、もう、こう、すごかった！

205:餃子

>>198大丈夫。俺達は全体的に語彙力がないからな！　だがそれがいい！

206:黒うさ

うう〜ん、ロリっ娘ちゃん達が帰ってくるまでなにしよっかなぁ。太陽が出てると自分弱いしなぁ。

207:プルプルンゼンゼンマン（主）

>>192今さらだけどおめおめうらやま。

・

・

・

書き込む　全部　<前100　次100>　最新50

244:sora豆
魔法石掘りはリアルラックが必要だから好きじゃない派、の俺が通りますよ～。そんな必要にならないし、買ったほうが早い。

245:神鳴り（同）
>>239昔々、手のひらくらいの魔法石を掘り当てたプレイヤーがおってのぅ。そいつはそれを売った潤沢な資金で今やトップギルドの長じゃよ。

246:密林三昧
魔物もお兄さんだけでも対処できそうなやつばっかりだし、なにより狭いから待機だなぁ。あそこは狭い。閉所恐怖症はやめたほうがいい。

247:わだつみ
錬金士のお兄さんなら魔法石もいい素材だろうね。

248:甘党
なんか、フラジールさんが仲間に怒られてたよ。前にも怒られてたよね？　伝統行事かな？

書き込む　全部　<前100　次100>　最新50

249:かるぴ酢

>>244分かる。それな。だが金はない。

250:つだち

魔法石貢（みつ）ぎたい。ロリっ娘ちゃん達に貢ぎたい。破産（はさん）するくらい貢ぎたい。うぅ、ロリっ娘ちゃん。

251:魔法少女♂

魔法石ダンジョンといえば、魔法石の分配で仲間割れしてる冒険者がよく見られるョ☆　あと、掘るのに集中しすぎて魔物にバックアタックされてる冒険者とか？　みんなは気をつけようネ☆

252:こずみっくZ

屋台ほとんど制覇（せいは）してしまった……。

253:氷結娘（ひょうけつむすめ）

>>250それな！！！！！！！！

254:白桃（はくとう）

全然関係ない話になるんだけど、ヤバげな魔導書が古本屋で売ってる。めっちゃ楽しいよ！

書き込む　全部　<前100　次100>　最新50

255:ナズナ

>>250禿同！！！！！！

256:空から餡子

>>250君と握手ガシッ！！！！

257:焼きそば

>>250おまおれ!!　（握手）

258:さろんぱ巣

この流れ久々だなぁ。ふへへ。

259:プルプルンゼンゼンマン（主）

>>250おれもおれも～！

260:ちゅーりっぷ

他愛ないことで騒げる俺らめっちゃ仲良し！

261:ヨモギ餅（同）

>>248もうお家芸になってるよね。本人達も意外と楽しそうだからそっとしておこう。

書き込む　全部　<前100　次100>　最新50

262:こずみっくZ

ギルドで食べ物食べてたんだけど、ロリっ娘ちゃん達が出てきたよ？　次は作業場だと思う。多分。

263:中井

>>251なんか、世知辛いね。

264:黄泉の申し子

ガチで貢ぐのは無理だから、ロリっ娘ちゃん達になにかあったら盾になれるよう自分を強くするんだ。まずは自分への投資、ってな！

265:ましゅ麿

ううむ、ガチ勢への道は遠いなぁ……。

・

・

・

307:コンパス

>>299まwたwおwまwえwかw

308:プルプルンゼンゼンマン（主）

もう一回でいいから、お兄さんのアップルパイを食べたかった人生じゃった。

書き込む　全部　<前100　次100>　最新50

309:黄泉の申し子

18禁パッチなぁ。お触り解禁、残酷描写がより鮮明に、奴隷制度追加、とかだっけ？　ほのぼのまったりで癒されてる俺には無意味だじぇ。

310:さろんぱ巣

料理できる人は尊敬する。マジ尊敬する。自分が作ってもダークマター作るだけだし。

311:かなみん（副）

>>301うん。今度何人かギルドにいれてみようかと思ってる。面接に合格した人ね。

312:氷結娘

>>306それ、おれにも言える？　（ぐすん）

313:ましゅ麿

真面目に料理教室通うか、誰かに指南してもらわんとダメかもしれんね。バフ付き料理は便利だけどめっちゃ高いんだよなぁ……。

314:中井

>>308び、便乗させてくれんかのぅ。

書き込む　全部　<前100　次100>　最新50

315:白桃

私にとって、料理は鬼門なのだよ。まじ鬼門。

316:ヨモギ餅（同）

食材系ってインベントリ圧迫するよな。それでいても魔物の素材でカツカツなのに。料理してくれる人に感謝しとく。拝んどく。

317:焼きそば

>>308あぁ、あのたかりねwww　自称、恵んでいただいたってやつwww

318:つだち

ロリっ娘ちゃん達、ログアウトするのかな？　明日も学校だろうし、当たり前だけどもぉぉぉぉおっ。

319:魔法少女♂

>>308ぐぅっ、羨ましいっ。前にクッキーもらったとき、エゲツナい（？）ことして多めにもらったけどまだ食べてないからなぁ。

320:夢野かなで

>>309確かに18禁パッチは要検討だぬん。ああいうのはリア充が使うものなんだぬん。

書き込む　全部　<前100　次100>　最新50

321:餃子

>>307まwたwわwたwしwだw

322:かるぴ酢

>>309とりあえず、俺達は清(きよ)い関係でいよう。君のことが大事なんだ（キリッ）要約すると、あれまじ高いから買えない。

323:密林三昧

あ、ログアウトするのかー。

324:棒々鶏（副）

ロリのログアウトと共にロリコンも落ちます。明日も憂鬱(ゆううつ)な学校ですゆえ〜。

書き込む　全 部　<前100　次100>　最新50

そんなこんなで、ロリっ娘ちゃんがいなくとも盛り上がるロリコン達だった……。

……ん、朝か。今日も天気が良さそうだ。家事をするにはいい日和だな。

用事もないし、昨日気になってしまった物置部屋の掃除でもしようか？

でも土日に双子に手伝ってもらえば、兄妹の交流の時間にもなる。ちょっと悩むところ。

っと、そんなことを考える前に、さっさと起きて朝食を作らないと。

朝食が出来てないと悲しむからな、特に雲雀が。

俺としても、育ち盛りの妹達に朝食を用意できなかったとなれば、主夫としてのプライドが許さないのだ。

「……今日の朝食、何にしようか」

こうして頭を悩ますのが毎朝のルーティーンだけど、冷蔵庫の中を見ながら考えるのは嫌いじゃない。今回は洋食かな？

ゲームの中と似たようなメニューになってしまうけど、洋食の鉄板であるパンとスクランブルエッグを用意していたら、階段を勢いよく駆け下りる音と元気な声が聞こえた。

「トイレトイレ～！」


その後に聞こえた、小さく駆け下りる音はきっと鶲だ。

でも、２人は声質が似ているから、たまに確信が持てないときもあるんだよなぁ。

朝食は手の込んだメニューじゃないから簡単に出来た。

リビングのテーブルに並べていると、顔を洗った双子がシャキッとした表情で席に着く。

……いつ見ても２人の制服姿は可愛いな。お兄ちゃん内心でれっとしてしまうぞ。

これが「ウチの子が一番」ってやつだな。うんうん。

そんな可愛い妹達を学校に送り出し、リビングに戻った俺は考えを巡らせる。やることはいっぱいあるけれど、優先順位をつけないとな。

歴戦の主婦ならもっとテキパキしてるかも？


「……まぁ、早くやらないとヤバいやつから片づけるか」

考えていても仕方ないので、早速キッチンにあるエプロンを手に取った。

昨日買い込んでしまったリンゴをどうにかしてしまわないと。

車を出せばよかったなぁ～と後悔したし、飽きるくらい量があるからしっかり調理するぞ。

「ジャムが手頃か。保存も利くし」

ジャムならパンにヨーグルトに、と大活躍してくれるから、いつも通り簡単に作ってしまおう。

それが終わったら洗濯、掃除、自分の昼食、夕飯の準備など、やることがいっぱいある。頑張らないと。

そうしていつもの家事をこなしていたら、時間なんてあっという間に過ぎてしまい、気づけば雲雀と鶸が帰ってくる時間になった。

２人が汗と埃まみれで帰ってくることは確実なので、すぐお風呂に入れるよう、リビングにあるコントロールパネルで湯船にお湯を溜めはじめる。

が、まだ半分くらいしか溜まっていないころに２人が帰ってきた。

シャワーもあるから大丈夫だよな。いや、２人で入ればお湯の量もちょうどいいか……まぁ細かいことは気にしない方向でいこう。

　風呂から上がった雲雀と鶲はホクホク？　ホカホカ？　した表情でリビングにやって来た。

「ふは～、疲れた身体にお風呂は格別だねぇ～」

「雲雀ちゃん、お父さんみたい。でも、不本意ながら賛成」

　俺は冷蔵庫から冷えた麦茶を取り出し２人に渡す。親父っぽいと鶲が言ったが俺も同意見だな。

　さて、麦茶を受け取った妹達はまったりしてるんだけど……やらなきゃいけないことがあるはず。

「もう少しで夕飯が出来るから、宿題しとけよー。じゃないと、ゲームできなくなっちゃうかもなぁ」

「「！」」

　双子は慌てて立ち上がりリビングから出ていった。あ、いやいや、そんなに慌ててほしいわけではなかったんだが……。

いつも後回しにしたがる宿題も、こうしてゲームを引き合いに出すとちゃんとやってくれるから、助かっちゃうかも。

なんやかんやあって、宿題も夕飯も無事に終わった。

そわそわしている雲雀と鶲に「準備しておいて」と告げると、何をと言わずとも、ヘッドセットとパソコンをすぐに持ち出してくる。

俺は夕飯の洗い物を水に浸けたし、双子も準備は万全。

こうなれば、あとはゲームの世界に入るだけだとヘッドセットを被った俺に、雲雀がやしょんぼりした声で話しかけてきた。

「そういえば、美紗ちゃんが忙しくて、次にログインできるの金曜日になるんだって」

「ん？　そうなのか。明日は水曜なのに遊べないのか。ちょっと寂しいな」

手を伸ばして雲雀の頭を撫でていたら、ヘッドセットを手にした鶲が口を開く。

「ん、でも、明日また瑠璃ちゃんが遊びたいって」

「え？　あ、あぁ、うん。分かった」

鶲の頭も撫でておく。

満足そうな表情を浮かべた２人に了解を得てから、俺はログインボタンを押した。

ちなみに今回から、昨日見つけたビーズクッションを使っているんだけど、これがどれだけ効果を発揮するかも楽しみだ。

触り心地は抜群だし、身体をいい感じに包み込んでくれるし、きっと大丈夫なはず。

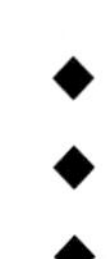

目を開けると、前回ログアウトしたときと寸分違わぬ場所。

同じくログインしてきた双子を引き連れ、とりあえずベンチに移動した。

美紗ちゃんのログインが金曜日になるということは、手に入れた魔法石を使うのも金曜日までお預けだな。

そんなことを考えつつウインドウを開き、元気いっぱいのペット達を喚び出す。大事な仲間なので、決して忘れちゃいけない。

「リグ、メイ、小桜と小麦……っと」

「シュッシュ～」

ヽ(＊・w・＊)ノ

順番にもふもふと撫で回し、俺もリグ達も満足したら妹達のほうを見た。双子は今日の予定を相談していたので、待たせていたわけじゃない……と思いたい。

ヒタキに続いて、ヒバリもこちらに視線を向けた。

「色んなことやりたくて、どうしようか悩んじゃうよねぇ。優柔不断とか言われそう～」

「ん？　別にそんなことないと思うぞ？　やりたいことがあるのは良いことだって思うし」

「……むふ、そっか～、そっか～うふふ」

ヒバリは困ったような口振りだったけれど、俺が否定すると喜んでいた。

まぁ些細な一言が嬉しかったりするのは、俺にも経験があるから分かる。すごく分かる。

内心でうんうん頷いていたら、ヒタキが俺の服の袖を引っ張った。彼女もまたすこぶる機嫌が良いらしく、いつもは見せないくらいの微笑みを浮かべている。

「とりあえず今日は食材の買い出しと、面白そうなクエスト、採取だね。どんなゲームでもクエストと採取、いつも楽しい」

「うんうん。ゲームの醍醐味だよね」

小桜と小麦を抱き上げたヒバリも頷く。

簡単な話し合いの結果、まずは食材の買い出し、ということに決定。ここから近いし、当たり前だよな……この突っ込みは心の中にしまっておこう。

狙ったわけじゃないけど、食材の買い出しがピークの時間帯らしい。噴水広場から延びる大通りは、露店商と主婦のNPCでごった返していた。

ついでにプレイヤーの冒険者もいるから、カオスな空間と化しているかも。


「……どの店から行くか、悩ましいところだな」


これは、俺の主夫力が試されるかもしれない。

新鮮な食材を取り扱っていて、かつ妹達やリグ達に負担がかからない人が少ない場所……俺は当たりをつけて歩き出した。

目当ての露店に着くと、早速の品定め。

現実世界にある普通の食材も売ってるんだけど、魔物もしれっと売っているので、少し驚いてしまう。いい加減慣れないと。

「……う、ううん？　こっち、かなぁ」

普通の食材を買い込んでいたはずなのに、俺はなぜか選択を迫られていた。

【食人花の花弁】
甘く蠱惑的な香りを放ち、獲物を誘い出して食べてしまう食人花の花弁。肉厚な花弁は甘みがあり、とある地方ではよく食べられている。
【悪鬼の肝袋】
討伐された悪鬼を腑分けしていたら、肝類がまとめられた袋があった。悪臭が少々鼻につくが、調理で誤魔化せる。

ヒバリとヒタキが欲しいと言った前者も、店主お薦めの後者も、俺には調理法がよく分からない。

でもどちらにするかと言われたら、前者のほうがまだマシだと思う。選ばないという選択肢もあるんだろうけど、妹達から期待に満ち溢れた眼差しを向けられたらな……。

色々と買ったおかげで機嫌の良くなった店主にオマケまでしてもらい、次の店を物色する。

「んん～、次はお肉かなぁ～？」

「そうだな。今の露店は野菜とよく分からないものばかりだったし、どこにするか……」

ヒバリがあたりをキョロキョロしながら問いかけてきたので、俺も一緒になって探していると、小桜を肩に乗せたヒタキが寄ってきて合図した。

ヒタキの視線の先をたどると、屋台のような荷車式の店があった。様々な肉が、吊り下げられていたり氷に埋められていたり。

Ｒ＆Ｍの世界ではあまり意味がないかもしれないが、きちんと管理されている食品は好印象だ。人気の店らしく少々混雑しているけど、覗くのを躊躇うほどではなかった。

「よぉ～しっ、おっにく～♪　おにっく～♪」

お肉大好きなヒバリの、どこかズレた歌を聞きながら荷車を目指す。

遠目からでも多様な肉があると分かったが、近くで見ると圧巻だった。

「家畜の肉から魔物の肉まで、これはまた……」

調理のし甲斐がありそうだと思ったのも束の間、急に自信が無くなってくる。

やり方が分からなくて食材をダメにしたくないし、無難な家畜の肉でいいかな？　でもやらなきゃ上達もしない……んー悩む。

そんな俺を見かねたのか単に手が空いたのか、店主がいい笑顔で話しかけてきた。

店主いわく『ビビッときた肉全部買っちゃえＹＯ』だそうだ。

俺はしっかり断って、癖のないものを選んでもらうつもりだったが……。


【ケルピーの肉】

水辺に棲み、人を拐かすこともある魔物。幻獣とも妖精とも言われ、研究者の間でも謎とされる部分が多い。外見や肉質は馬と魚の中間。


変な口調の割りに話術が巧みな店主に乗せられて、魔物の肉まで買ってしまった。まぁこれも店主厳選の良質肉らしいから、別にいいか。

吊り下げられていた干し肉の小さな塊をオマケにもらい、ホクホクした気分で店を後にした。

「ツグ兄ぃ、あっちも良さそうだと思う！」

「ん、思う思う」

　結構買い込んだからもう終わりかと思いきや、ドライフルーツや木の実が売っている乾物屋を指差す妹達。

　いや、ヒバリとヒタキだけじゃない。リグやメイも期待に満ち溢れた眼差しで俺を見ていた。これは行かざるを得ない。

　ここはチョコレートなどがない世界だから甘味といえば果物で、日持ちする乾物が主流。採算度外視なら自分で果物を栽培できるかもしれないが、今の俺達には絵に描いた餅もいいところだ。ハチミツやジャムは存在するけど、すぐ手に入るわけじゃないしな。

「よし、こんなものかな」

　乾物屋は見覚えのあるものばかり取り扱っていたので、それらを購入し、これで買い出しは終了。

　明日は瑠璃ちゃんと遊ぶみたいなので、いったい何をするのか今から楽しみだ。こういうのは楽しんだ者勝ちだよな。

ゆったりした人の流れに身を任せていたら、いつの間にか正門にたどり着いた。

空いているベンチに腰かけた途端、ヒバリがおかしな口調で話しかけてくる。

「ツグ兄ぃ。買い出しが終わっても、私達には甘味が足りないと思うのです。もらったハチミツが底を尽きそうなのです」

残りの量なんて気にしてないと思ったのに、そうでもなかったか。確かに甘いもの好きだもんな。

「うん。底を尽きそうだな」

「ん、だからまたもらいに行きたい。ツグ兄が受けたクエストで、ハニービーが近くにいることは分かってるからスキルで探す」

「……め、目がマジだぞ」

目の据わったヒタキ先生にずずいっと迫られ、思わず頷いてしまう。

……食への飽くなき探求心は、お兄ちゃんいいと思うぞ、うん。たぶん。

以前王都のギルドで見たクエスト用紙には、ヒバリが言うとおり、ハニービーが周辺の森にいる、と書かれてあったしな。

というわけで、ハニービー（主にハチミツ）探しの探検は幕を開けたのであった。

一見無謀に思えるハニービー探しも、攻略掲示板を使えば大体の居場所は把握できるし、さらにヒタキのスキル【気配探知】を使えば万事解決……と思いたい。

森の中には魔物も多いだろうけど、カモネギだと思って戦えばいい。何をするにもお金が必要だからな、現実と同じく。

ヒバリの元気な掛け声を合図に、正門をくぐり舗装路を抜けて森の中へ。

俺達ＰＴの戦力も整ってきたので、今はよほどのことがない限り苦戦を強いられることはない。その点は安心だが、探しものが簡単に見つかるかどうかはまた別問題だ。

獣か魔物が踏み固めたのだろう獣道を歩きながら、ヒタキは視線をあちこちに向けては首を捻っている。

「ん、見つからない。移動、したのかな？」

生き物を相手にしているのだから仕方ない。俺は肩を落とすヒタキの頭を撫で、開けた場所へ案内してもらうことにした。

いったん休憩にしようと案内してもらったんだが、ヒタキはまだスキルを使って探している。

あまりに真剣な様子なので話しかけることも躊躇われ、俺は手持ちぶさたにリグ達と遊んでいたヒバリに声をかけた。

本当はもう少し早く聞こうと思っていたんだけど、うっかり忘れちゃうんだよなぁ。

「そういえば、聞きたいことがあるんだった」

「ん？　なになに？　どうしたの？」

俺は自身のウインドウを開いてヒバリに見せる。ウインドウの上のほうには、赤い文字がピコンピコン点滅していた。

緊急案件ではないみたいだが、どうしたらいいか分からないので放置してたものだ。

「あ、ツグ兄ぃに教えてなかったね。えっと、そこの赤い文字押すと選択肢が出るんだよ。簡単だから選んで押してみよう！」

「……せんたくし」

ヒバリは俺のウインドウを見て納得したように頷き、点滅した文字を指差しながら説明してくれた。言われたとおりに押してみると、途端に新しい画面が出現する。

あ、あぁ。これが、スキルレベルが１００になると可能になる【スキル進化】とやらか。

ようやく俺も合点がいった。

ヒバリ達はとっくに経験し終えている事柄でも、俺にとっては初体験だ。

ゲームを始める前からプレイスタイルを決めていた２人と一緒にしてもらっては困るぞ。

俺にはどうすれば良いのかさっぱり分からん。

だけど説明文を読んだり、助言をもらったりすればなんとか……。

まぁどの選択肢を選んでもハズレってことはないだろうし、とりあえず説明文を読もう。

【スキル進化が可能になりました】

スキル【テイム】が進化可能になりました。スキル【テイム】の進化先は【テイミング】【ファミリー】【調教】から選べます。一度決定すると選び直すことはできません。

【テイミング】

テイムした魔物と対等の関係を築いているテイマーにオススメのスキル。特に意思疎通系統が強化され、攻撃力が微増する。スタンダード。

【ファミリー】

テイムした魔物と家族のような絆で結ばれているテイマーにオススメのスキル。魔物との愛情度によって様々な上昇値が変化する。ピーキー。

【調教】

テイムした魔物が堅固な忠誠心を抱いているテイマーにオススメのスキル。特に命令指揮系統の強化がされ、防御力が微増する。一部の人々に喜ばれることでも有名。

説明文をざっと読み、俺はうんうんと頷いた。どのスキルを選ぶかによって効果が違うのか。

俺とヒバリが顔を寄せ合っていることにようやく気づいたらしく、ヒタキもやって来た。

俺は考えるのに精いっぱいだから、説明は余裕のあるヒバリに任せよう。

現状のスキル【テイム】の効果はどれを選んでも継続するし、さてどうしたものか……。

「リグさんリグさん。今の俺達ならどれを選んでもよさそうなんだけど、オススメとかある？」

(・w・?)

「シュ？　シュッシュ～？」

頭上のリグに問うも思い切り首を傾げられてしまう。そんな可愛らしい姿に癒されつつ、自分で考えて決めることにした。

一見使えなさそうなスキルでも、本当の意味での死にスキルなんて存在しない、って言ってたもんな……よし。

俺はスタンダードな【テイミング】を押すと見せかけ、ピーキーな【ファミリー】を押す。

そんなお茶目行為に惑わされたヒバリとヒタキが、盛大なズッコケをしてくれた。よし大満足。

ズッコケからいち早く立ち直ったヒバリは、俺の手元を見て力強く肯定してくれる。

「値を見なくてもいいくらい、愛情度が高いのは分かりきってるもんね。いい選択だと思うよ」

「今なら、もれなく妹の愛情カンスト付き」

どうやってもいい話で終われないらしく、ヒタキが自分を指差しニヤッとした表情で笑った。

「まぁ、いいか。とりあえず新しいスキルになったことだし、ハニービーの探索に戻るか」

「ん、そうだね」

軽くスルーするとヒタキはムッと頬を膨らませた。でも俺が手を軽く打って気分を変えるように言うと、すぐに表情を引き締める。

なんとなくの場所なら推測できたらしい。さすがヒタキ先生。

ウインドウを出して満腹度と給水度を見るついでに、リグ達のステータス、愛情度も確認しておくか。

最近全く見てなかったし、新しいスキルとか覚えてるだろうなぁ。

REAL&MAKE
リアル アンド メイク

【個体】リグ
【種族】スパイダー
【レベル】70
【HP】614
【MP】227
【スキル】
噛みつき31／糸57／毒牙20／
大ジャンプ4／溶解液7／麻痺牙16／忍び足8
【主】ツグミ
【愛情度】100／100
【○活動／休眠】

REAL&MAKE
リアル アンド メイク

REAL&MAKE
リアル アンド メイク

【個体】メイ

【種族】羊魔物

【レベル】71

【HP】1024

【MP】458

【スキル】

槌術69／ぶん回し37／パワフル／タフネス／
力溜め41／パワークラッシュ25／
怒濤（どとう）の羊祭り

【主】ツグミ

【愛情度】100／100

【○活動／休眠】

REAL&MAKE
リアル アンド メイク

REAL&MAKE
リアル アンド メイク

【個体】小桜(こざくら)・小麦(こむぎ)
【種族】猫又(ねこまた)
【レベル】44
【HP】769
【MP】1238
【スキル】
牙14／爪19／聴覚(ちょうかく)13／暗視(あんし)3／
嗅覚(きゅうかく)2／にゃん術45／MP吸収／
MPタンク／キャットウォーク／一蓮托生(いちれんたくしょう)
【主】ツグミ
【愛情度】89／100
【○活動／休眠】

REAL&MAKE
リアル アンド メイク

スパイダーは気弱で打たれ弱い魔物、なんて巷じゃ言われてるみたいだけど、ポジションが悪かっただけじゃないだろうか。現にリグは活躍してるし。

スキルも妨害系が多くなってきて、戦略の幅が広がってきている。戦略は……ヒバリ達と考えるよ。たぶんだけど。

メイの愛情度MAXになっていて、俺としては嬉しい限りだ。0だったら悲しいからな。スキルは……一言で破壊神まっしぐら。メイは好きなだけ攻撃力を増やすといいよ。

小桜と小麦も順調にレベルが上がっているんだけど、スキルの覚えが悪い気がするのは俺だけだろうか？

ただ【一蓮托生】――2匹のステータスを合わせた数値の7割が共通のステータスになるというスキルのおかげで、スターテス自体は高い。それに使用するスキルは多様な【にゃん術】がメインだから、大きな問題はないかもしれないな。

テイムしたばかりなのでリグやメイより愛情度が低いものの、通常から考えるとあり得ないくらい高いので気にしなくていいらしい。

リグとメイが高すぎるのか……嫌われるよりは断然いいよな。

「多分だけど、あっちにハニービーがいる」

確認が終わると、待ってましたとばかりにヒタキが道なき道を歩き始めた。

俺の腰ほどもある、背の高い草むらにもずんずん分け入っていくので、ついて行くのが大変だ。

「あ、なんかいい匂いしてきた！」

クンクンあたりの匂いを嗅いでいたヒバリが、いきなり声を上げた。周囲に漂うのは微かに甘い香り――これはハチミツだ。

ヒタキ先生、執念の捜査によりハニービーの居場所を突き止めたもよう。

場所さえ分かってしまえばお手の物。まずは近隣住民に挨拶するイメージで、わざと物音を立て認識してもらうことから始めよう。

以前もらった女王の飾り毛マフラーがあるので、匂いを嗅がれただけですぐ警戒心を解かれたよ。

ありがとう女王様。ありがとうもふもふマフラー。

こうして俺達は、この森に棲むハニービーの女王様のところまでたどり着いた。

「――というわけで、俺達は別の森で、女王の飾り毛マフラーをいただきました。あぁ、あとハチミツも」
「ハチミツすごく美味しかったです！　味を覚えてしまったので、少し分けてもらおうと来ました！　もちろんタダでもらおうとは思ってません！」

マフラーをもらった経緯（いきさつ）を話すと、距離（きょり）がグッと近くなった気がした。

ド直球に目的を語ったヒバリに対しては、女王様はなぜか楽しそうな声音（こわね）で『ホゥ、人ノ子ニシテハ殊勝（シュショウ）ナ心ガケダ』と返し、ご機嫌な様子。

そういえばハニービーの女王様をテイムすると、スキル【一族追従（ついじゅう）】のおかげで一気に数百匹の主になれるらしい。

攻撃力にやや不安があるものの、数が多いので頼もしいに違いない。テイムするのは難しいみたいだけどね。

そんなことをヒタキに教えてもらっていたら、少し離れた場所でハニービーと相談していた女王様が戻ってきて、俺に手のひらサイズの透明（とうめい）な球を渡してきた。

『コレニハ、魔力ヲソレナリニ溜メルコトガデキル。見タトコロ人ノ子ハ魔力ガ多イヨウダ。限界マデ溜メテクレナイダロウカ？　自衛ニシカ使ワナイ。ダカラ安心シテクレ』

【中型魔力保存球】
魔力を溜めておく魔法道具。無駄に趣向を凝らしており、光に透かすと彫り物が現れる。ガラス玉と間違えないよう注意が必要。保存魔力、391／5000。
【製作者】シュヴァルツ・スイートハート（ＮＰＣ）

製作者の欄を見て、「またお前か……！」と叫びたい衝動に駆られてしまった。エーチの図書館の地下で幽霊騒ぎを起こしていた、あの迷惑な魔法道具の製作者と同じ名前だ。

しかし俺はぐっと堪え、目の前のことに集中する。

「これくらいなら、すぐ溜められると思います」

スキル【魔力譲渡】を使い続け、ＭＰが足りなくなってきたら、インベントリからポーション（＋＋）を取り出して補う。

予想どおり、すぐに作業を終えることができた。

周囲を飛び回るハニービーに目を奪われているヒバリとヒタキにほっこりしつつ、魔力が満タンになった保存球を女王様に手渡す。

すると、嬉しそうな声音で礼を言われた。喜んでもらえて何よりだ。

物理と魔法防御特化のハニービーはもともとＭＰ量が少ない。生きるためにもＭＰを使うので、皆で毎日寝る前に溜めても微々たるものなんだとか。

まだ若い群れらしいから、仕方ないのかもしれないけど。

『モウ一度言ウガ、アリガタイ、人ノ子ヨ。先ホド言ッテイタハチミツト、ホカニナニカ適当ニ見繕オウ』

「あ、ありがとうございます」

女王様は、首の周りにあるもふもふへと魔力球を大事そうにしまい込み、ハニービーに指示を出した。俺達のハチミツちょうだい攻撃にもきちんと応じてくれるようだ。

利害が一致したとはいえ、無事に目的が果たせてよかったな。

しばらく待っていると、ハニービーが大きな葉っぱにハチミツボールを載せて現れた。

俺の足下に置いてくれたので、促されるままインベントリへ。

収納された数を見てみれば50ぴったり。こんなにもらっていいのかと驚いたけど、くれるのならありがたくもらっておこう。

次にやって来た一回りほど大きなハニービーは、手にふたつの物を持っていた。

『コレハ我々ニハ使イ道ガナイモノダ。人ノ子ナラ使エルダロウ。ドチラカヲ選ビ、持ッテ行クトイイ。サスガニ両方ハ駄目ダガナ』


【無限水筒（小）】

魔力を注ぐことで、無限に水を出すことができる水筒。命の源である水がいつでも手に入るのは素晴らしいこと。小さい無限水筒は珍しい。

【製作者】シュヴァルツ・スイートハート（NPC）

【完全防犯金庫】

この金庫に入れておけば盗むスキル【スティール】などの干渉を受けない。持ち主を登録すると金庫自体も盗めなくなる優れもの。ただし金庫に入れられるのは1種類のみ。

【製作者】シュヴァルツ・スイートハート（NPC）

こ、ここに来てシュヴァルツさん2連続。面白い魔法道具を作れる人なんだろうけど、色々作りすぎじゃないでしょうか。

俺と同じく妹達も苦笑(くしょう)を禁じ得ない様子だ。

俺からしたら、どちらも使い道があるのでは、と思えて決められないので、ゲーマーの2人に聞いてみる。

「ヒバリ、ヒタキ。どっちがいいと思う？」

「うっ、う、うぅ～ん。そうだなぁ～」

「……スキルの強い世界だし、金庫？」

ヒバリは俺と同じように困っていたが、ヒタキは少し考え込んだあと、はっきりと意見してくれた。

うやうやしく完全防犯金庫を受け取ると、女王様も満足そうに頷く。

お互い円満(えんまん)な気持ちで取り引きができて、俺は嬉しいよ。

「では女王様、俺達は王都に戻ろうかと思います」

『アァ、面白キ人ノ子ヨ。息災(そくさい)デアレ』

長く留まりすぎるのは良くないと思った俺は、まったりした雰囲気を変えるため、ワザと大きな声を出した。

女王様も、分かっていると言わんばかりの短い返答。

俺は名残惜しそうなヒバリとヒタキを連れ、その場を後にした。

もらった物はすぐインベントリにしまったから忘れ物はない。

あとはリグとかメイとか小桜とか小麦とかヒバリとか……はぐれないようにしないと。

森は草の丈が高いからな。うん。

日の高い日中に森へ入ったのに、まったりし過ぎたようで森が薄暗くなっていた。こりゃ早く帰らないとマズいかもしれない。

多分大丈夫だと思うけど、できるだけ夜の戦闘を避けたいのがお兄ちゃんの本心だ。

ザックザック草をかき分けながら森を進んでいると、ヒバリがヒタキに尋ねた。

「もう少しで森抜けられそう？」

「ん、夜になるかもしれないいけど」

「うぅ～ちょっと長居しすぎたね。まぁ夜戦になっても明かり出せるし、小桜と小麦なら夜目が利くから真っ暗でも活動できるよ！」

ヒタキの回答に落ち込んだヒバリはすぐに気を取り直し、なぜか元気な声で俺に言い聞かせた。

すると、任せろとばかりに小桜と小麦も鳴く。

(*>ω<)(>ω<*)

「にゃ～んっ」

自信満々でキラキラした目をいくつも向けられた俺は、乾いた笑いを返すことしかできなかった。

そのタイミングで森の出口が見え、小さく声を漏らす。

「あ、意外と近かったのか」

これなら完全に夜になる前に王都へ戻れるかな、と思ったのも束の間、森から出た途端に緑色の肌をしたゴブリンが現れた。

「⁉　……シーフ系ゴブリン。気配を消すスキルのレベルは私より高いけど、それだけみたい」

「えっと、リグはメイと組んでゴブリンを各個撃破。小桜と小麦は俺と一緒に周囲の警戒だ」

「大丈夫、すぐ蹴散らすよ！」

驚きはしても、冷静に対応できるようになった……と思いたい。各自が素早く武器を構え、敵を倒していく。

戦闘時の役割については何度も話し合っているので、どんな敵でもやることは一緒だ。たった数体のゴブリンなど瞬殺に近かった。

無事に俺達の経験値になってもらったので、足早に移動を再開する。戦闘音で別の魔物を呼び寄せてしまう可能性もあるからな。

まずは王都へ続く舗装路を探し、見つけたらそれに沿って歩いていく。

ここなら夜になっても多少は安心だ。行き交う人の匂いが染み着いている舗装路は、よほどのことがない限りは魔物が避ける……だっけか？

飢えた魔物や特に強い魔物は例外だけど、とりあえずは一安心。

「もう少しで王都に着く。周りに魔物はいないから安心してほしい。スキル持ちは注意だけど」

ヒタキが前を見据えつつ、どことなく拗ねた声で言った。かなり小声だ。

山岳地帯で戦ったカエルの魔物みたいに、探知スキルを無効化したのではなく、純粋にスキルのレベルでゴブリンに負けたので面白くないのだろう。

やがて王都の明かりが見えてくると俺は予想以上にホッとした。

門をくぐる前にヒタキの頭を一撫でしておく。いつもありがとう、の意味も込めて。


気づけばすっかり夜の帳が降り、空には星が輝いていた。

正門近くにあるベンチにひとまず腰かけ、俺達は精神的な疲れを癒す。

このゲームには疲労度がないし、持久力……スタミナ？　の概念もないから、運動が得意とは言えない俺としてはすごくありがたいんだ、本当に。


「んん～、ハチミツもらうだけでこんなに時間が……かといって、ハニービーに会ったらもふもふするに決まってるし。悩ましいなぁ～」


思い切り伸びをしながらヒバリがブツブツ呟いている。

俺はベンチに上れないメイを引っ張り上げて、膝の上に乗せた。

メイは自力でベンチによじ上ることを諦めたわけではないようだ。今度またチャレンジする、と言いたげで鼻息が荒い。

……って、そうじゃなくて。

ずっとメイを見ていたい気もするけど、そろそろ宿を見つけないといけないと思うんだ。

「ヒバリ、ヒタキ、宿に行かなくてもいいのか？」

「あっそうだった！　行かなくちゃ！」

ヒバリが勢いよく立ち上がって叫ぶ。

ちゃんと抱えていたから小麦を落とすことはなかったけど、「危ない」とヒタキから注意が飛んだ。確かに。

「今夜泊まる宿はどこだ？」と聞くと、ヒバリから「近くにあるよ！」という答え。

それじゃ分からないのでヒタキを見ると、もはや慣れたもので、指で方向を指し示してくれた。

これまで連泊した老舗宿屋じゃないらしい。まぁ色々な宿に泊まるのも、このゲームの醍醐味ってことだよな。

俺もメイを抱いたまま立ち上がり、ヒバリではなくヒタキに案内を頼む。

「えぇっ⁉」

「ん、案内なら任せて。ふんすふんす」

分かりやすくガーンッとしょぼくれたヒバリが面白い。加えてヒタキのおかしな掛け声で、俺の腹筋は崩壊した。

メイのもふもふした柔らかい体毛に顔を押しつけ、落ち着くまで笑いをかみ殺す。

「はー…………さて、宿に行くか」

目尻に浮いた涙を拭った俺が仕切り直すと、双子はなぜか神妙な面持ちで頷いた。

今回の宿屋はこぢんまりとしており、まったりとした雰囲気を楽しめるようだ。アットホームでありながら気楽に過ごすことができて、現代の若者に人気とか。

穏やかそうな宿屋の店主から部屋の鍵を受け取り、大人２人がすれ違うのがやっとな廊下を進んでいると、ヒバリが笑いながら言った。

「ここは、料理も家庭的と有名。ツグ兄ぃの料理みたいかな～って選んだんだ」

ちなみに食事は食堂で別料金を払うか持ち込みなので、１泊なんと１人１５００Ｍ。ははっ、高いのか安いのか分からないな。


「ふっかふかぁ〜！　窓際は譲らないよぉ〜」

「私は真ん中。頑張れば、川の字になるかも」


部屋の前にたどり着き、鍵を開けて扉を開くと、心躍らせたヒバリとヒタキが早速飛び込んでいく。川の字ってなんだよ、と突っ込む間もなかった。

王都の一等地にある宿にしては、調度品が無個性というか、凡庸というか……。こういう飾り気がないところが良いのかもしれない。

でも主夫の勘が告げている。見せかけに騙されるな。実は高いぞ、と。

お部屋拝見はこれくらいにしておこう。安全に寝られるのならどこでも構わないんだ、俺は。

部屋の中を十分堪能したら、次は夕飯か。

皆これを一番の楽しみにしているはずだからな。

それにしても、こんなにキラキラした眼差しで俺を見ている癖に、決して自分から言い出さないのはなぜなのか。

「じゃ、夕飯食べに行きますか？」

仕方ないので軽く笑いかけながら提案すると、ヒバリとヒタキはすぐさま頷いた。

「もっ、もちろんだよ！」

「ん、行きたい。れっつらごー」

「シュッシュ、シュ～」

(｀>w<)

元気な2人だけでなく、リグまで行きたいと声を上げ始めたので、こりゃ早く行かないと皆のお腹と背中がくっついてしまう！

俺は半笑いで準備を始めた。

とはいっても、リグ達を忘れないように気をつけたり、装備している武具を外してラフな格好になったりしただけだけど。

狭い廊下を通って着いた食堂は、こちらもこぢんまりとした雰囲気だった。

ワイワイガヤガヤという感じではなく、食後のまったりした空気のような穏やかさだな。表現が難しい。

「あ、今日のオススメ４つとレモン水７つ、果物の砂糖漬け５人前と、子供用の椅子を１脚お願いします」

「小皿ひとつと中くらいの深皿ふたつも、できればお願いしたいです」


俺達の姿が見えた瞬間から流れるように接客を始めた店員。

そして物怖じすることなく、着席した瞬間にスラスラと注文をするヒバリとヒタキ。

お兄ちゃんはついていけてないけど、笑顔で了承してくれた店員も妹達もグッジョブだと思う。

使うだろうからと最初に持ってきてくれた子供用の椅子にメイを乗せ、フードの中にいたリグを俺の膝の上に。

小桜と小麦は妹達が喜んで世話を焼いてくれるそうなので、俺はリグとメイにせっせとご飯を運ぶだけで大丈夫だ。


「ここも例のお料理ギルド監修が入ってるみたいだから、すごく美味しいみたい。まぁ、一番はツグ兄ぃの料理なんだけどね。ふへへ」

「ん、全力で同意する」

俺のことを褒めても次回の夕飯が少しだけ豪華になるくらいだぞ。詳しく言うなら、プリンがアラモードに進化するくらいだから。

楽しそうに話す２人に水を差すようなことはせず、料理が運ばれてくるまでの間、俺はムズムズする気持ちで過ごしていたのだった……。

そんなこんなで待っていると、二段になったカートにたくさんの料理を載せ、店員がやって来た。

テーブルに並べられる皿を、ヒバリがじっと眺めて感嘆のため息をつく。

「お、料理きた！　美味しそうだなぁ～」

「オススメは、その日に仕入れたもので一番美味しい料理を作ってくれる。今日はお肉と野菜がいっぱい挟まれたパン、ポトフみたいなスープ、新鮮野菜のサラダ。どれも美味しそう」

「解説もありがたいけど、食べたがりもいることだし早速食べようか」

「……ん、いただきます」

ヒタキが料理を見ながら俺にちょっとした解説を入れてくれようとするんだけど、待っているヒバリが少し可哀想なので食べようと促す。

いい匂いがあたりに漂っており、ヒクヒク鼻を動かしているメイの口に、切り分けたパンを突っ込む。

メイが食べている間にポトフから野菜とソーセージをすくい上げ、切り分けつつリグと自分の口に放り込んで堪能。

シャキシャキと音がする新鮮な野菜サラダに感心し、こちらもリグとメイの口に入れた。

野菜のうま味がよく溶け出したスープと、砂糖漬けにされた果物のデザートを食べたら夕飯は終わり。

料理の質も大事だけど、俺達の場合は量も必要だから結構悩ましい。

「本当、美味しいものばっかりだねぇ～」

飲み物を頼んでまったりしていると、一気に飲み干したヒバリが満足げに言った。

実は追加で大盛りカットポテトとか、大皿ピザとか頼んでしまった。ピザは今度料理するとき作ってみたくなる美味しさだったな。

まったりするのは部屋でもできるから、邪魔になる前に退出しよう。

忘れ物はない、はず。いやいや、ちゃんと確認しているから大丈夫だよ。

部屋に戻ると、ヒバリは一目散にベッドへダイブし、その背中に上機嫌な小麦が乗って一鳴き。

ヒタキと小桜の関係性は名付け親と子、という感じで信頼関係を築いてる。だけどヒバリと小麦はなんだか悪友みたいだ。

俺はどちらの関係性も彼女達らしくて好きだけど。

「ん〜、王都から離れたら、また微妙な料理ばっかりになっちゃうんだろうなぁ〜」

「……ツグ兄の料理があるから悲観はいけない」

「悲観はしないよ。ツグ兄ぃの料理は最高だし！　でもさぁ〜、買い食いはしたくなっちゃう乙女心ぉ」

「分かる」

何が「分かる」なのか不明だけど、とにかく今は、すぐに寝てしまいそうなメイをベッドへ。

リグは俺のフードの中で寝ているようなので、いつもと同じようにそっとコートを脱いで、枕元に置いた。

和気あいあいなお話もそこそこにして、明日もやりたいことがある俺達は早々に就寝する。

そして次の瞬間には朝という、現代技術のアレやソレを目の当たりにする。ぼやかしたのはVR技術に関して、俺はさっぱり詳しくないからな。

「やりたいことは色々あるんだけど、ここじゃなきゃできないこととか、お土産話になるようなことしたいよね。どっれっがいいかなぁ〜♪」

思い切り身体を伸ばして可愛らしいポーズになっている小麦の背を撫でつつ、ヒバリがウインドウを開いてなにやら探っている様子。

少々音程のハズレた鼻歌交じりの言葉も、可愛らしくていいと思う。

「やっぱり、ゲームといったらお使いクエスト。回数こなしたらお使いの神になれるかも」

「び、びみょう……。でも、クエストは面白そう。やってみる価値はあるかも」

「ん、かもかも」

クエストを探っているヒバリの隣にヒタキが座り、少々楽しげな声音でひとつのクエストを指差した。

ヒバリはその言葉に微妙な変顔をしつつも、ふむふむと納得したように頷く。

妹達と向かい合って座る俺にはウインドウが見えないんだが、好きに決めてもらって構わない。ヒバリとヒタキと一緒に遊べるだけで、お兄ちゃんは楽しいからな。

どんなクエストでもどんとこい、だ。達成できるかは別として。

リグやメイをもしゃもしゃ撫で回して待っていると、双子が俺のほうへ向き直る。そして開きっぱなしのウインドウを見せてきた。

「おぉ、なんて立派なお使いクエスト」

それは、思わずそう呟いてしまうほど立派なお使いクエスト。きっと俺がゲーマーだったら、これだよこれ！　と叫んでいたに違いない。

ええと、病気の母親のために薬草を摘む。大事なクエストだな。うん。

見せてもらったのは、こういうクエストがあったよ、という報告が書き込まれた掲示板なので、今はないかもしれない。ただ、ＮＰＣのクエストだから常にある可能性も高かった。

「とりあえず、まずは朝食でも食べに行くか」

「うん！　行く行く、絶対に行く！」

予定が決まったことについてはいいとして、ギルドへ行く前に朝食を食べないと……。腹が減っては戦（いくさ）はできぬともいうし、皆の期待に応（こた）えるのが俺の仕事だから。キラキラした眼差しはズルい。

そんなこんなで、食堂で軽食……とは言っても結構な量を食べてからギルドへ移動。

朝なのでギルドは混んでいたものの、ＮＰＣの素材採取クエストの用紙が集められたクエストボード付近は空（す）いていた。

どのボードもクエスト用紙でいっぱいだが、これでも運営による調整で減らされているそうだ。

「よっ、と。このクエストだね」

「あぁ、そうだな。ありがとう」

俺の目線ほどの高さにあったクエスト用紙をヒバリが軽くジャンプをしてはがし、緩（ゆる）く笑いながら俺に渡してきた。

ふとクエスト用紙を眺めれば、文字が拙（つたな）くひらがなが多い。

依頼人は子供なのに俺の目線ほどの高さに用紙があるってことは、受付の人が目立つ場所に貼(は)ってくれたんだろうか？

「ツグ兄ぃ～？　クエスト受けに行こうよぉ～」

「ツグ兄、行こう？」

はっ。ぼんやりそんなことを考えていたら、そわそわしていたヒバリとヒタキに急(せ)かされてしまった。ごめんと謝(あやま)りつつ用紙を持って受付に行くと、注意事項もなくすぐ承諾(しょうだく)された。

並ぶ時間のほうが長かったかもしれない。

【お母さんのためのやくそうつみ】

【依頼者】ミルティ（ＮＰＣ(ノンプレイヤーキャラクター)）

びょうきがちなお母さんのために、やくそうをつんできてほしいです。おうとのお外にある『魔力回復ＤＸ草』というやくそうです。

【条件】お外にいける人。

【ランク】Ｅ～Ｆ

【報酬(ほうしゅう)】おうちにある本。

薬草の名前についてはなにも言えないので放っておくとして、ミルティちゃんのお母さんは魔力放出症らしい。本当に少しずつだけど、自身のMPが大気中に放出され霧散していく。俺達プレイヤーは関係ないが、NPCは精神が衰弱(すいじゃく)してしまうとのこと。ヒタキ大先生の談。

それは大変だ！　と慌てるヒバリを落ち着かせ、準備に抜かりがないことを確認してから王都を出発。茂(しげ)みというか、草がモサモサしている場所を探せば見つかるはず。

名前は面白おかしいけど、珍しいものでもないから大丈夫……だと思いたい。

「魔物がいっぱい。んん、どこだろ？」

王都から出て、石畳(いしだたみ)で舗装されている道沿いに進みながら、ヒタキのスキルも使って茂み探し。

ヒタキのスキルでは草を探すことができないから仕方ないんだけど、本人は不服(ふふく)そうにあたりを見渡して、しきりに首を捻っている。

こっ、ここは草むしり一級保持者としての、貫禄(かんろく)を見せられる場所じゃないだろうか？　……心の中で名乗っただけなので、細かいことは気にしないでほしい。

「俺の勘が、あっちにあるって言ってる」


実のところ大したことのない勘を働かせ、俺は近くの茂みを指差した。

これまでの経験を生かしてしっかり安全を確認してから、しゃがみ込んで探す。

ヒバリとヒタキも一緒に探してくれたんだけど、結果は予想どおり外れだった。


「むぅ。薬草のままがいいのか、加工してもいいのか……。見つからなかったら最悪、ツグ兄の加工したアイテム渡す」

「力業だね、ひぃちゃん。でも実際、DX草よりツグ兄ぃの作ったアイテムのほうが性能いいもんね」


ヒタキの呟きに乾いた笑いを返しつつ「確かに」と頷くヒバリ。求めるものがないと分かれば用はないので立ち上がり、魔力回復DX草を求め、また別の茂みへ。

リグ達は遠足気分なのか、とても楽しそうについてきてくれている。和やかで可愛らしい。

魔力回復DX草を探しつつ、他のアイテムでも有用そうなものは、わんこそば形式で俺の元に集まるという素晴らしさ。

インベントリにもまだまだ余裕があるし、余裕がなくなったらひとつにまとめてしまえばいいだけなので、多分大丈夫だ。

「……あ」

「お、ゴブリン。ここは舗装路に近いのにな」

「気休め程度だからね。多分だけど、お腹空いてるんだと思う。ツグ兄ぃ食べられないようにしなきゃ」

「……お、俺をなんだと思って」

遠くに見かけることはあっても、近寄ってくる魔物はあまりいなかったのに。

俺が思わず言うと、ヒバリが腰の剣に手をかけながら話してくれた。彼女は威嚇のため剣に手をかけるだけで、近寄ってくるゴブリンをメイに任せることに決めたようだ。

そりゃそうか。メイはバーサーカーと言ってもいいほど戦うのが好きだし、あれくらいなら1匹でも倒せるかも。

だがメイはリグと小桜小麦を伴い、数匹のゴブリンに向かい突撃していった。そんなメイが一番たどりつくのが遅いけど、それはご愛敬。

(`・エ・´)

「つめ、めめめぇめ」

ー・w・ー
ー・エ・ー
・ω・人・ω・

俺から見て3匹しかいなかったゴブリンは、やる気満々だったメイ達にすぐさま対処された。

メイは物足りなさそうに鳴き、胸のもふもふに大鉄槌をしまい込む。おかわりが来たらまた頼むよ。

「こっちにはないみたいだし、他の場所に行ってみようか。向こうも草原だし」

「ん、DX見つけてあげたい」

4匹が帰ってくるのと同時に、遠くを見渡す仕草をしながら話すヒバリとヒタキ。

草の生えている場所はここだけじゃないから、同じ場所で探し続けるより、数をこなしたほうがいいと俺も思う。

舗装路から外れれば、草が生い茂っている場所なんていくらでもあるからむしり放題。

ただし魔力回復DX草があるかというと、ちょっと難しい問題かもしれない。暗くなるまで頑張るけど。

【つぼみ草】

生えている場所の土壌や空気中の魔力により、姿かたちを変えて花開く珍しい草。『薬草のまとめ結果』という本では、様々な実験結果を見ることができる。

【おいし草】

ある程度までの料理なら、この草を乾燥させ砕いた粉末を振りかけると、味を整えられる。ただしある程度までなので、とても注意が必要。

【水分草】

地下に隠れた茎が丸く膨らんでおり、その部分に大量の水分を保有している草。昔も今もお世話になる冒険者は多い。

見慣れたものが多いけれど、目新しいものっていったらこれくらいかな？　そして目当てのものは見つからなかった。でも、ＤＸのつかない魔力回復草は見つかったので、あと一歩だな。

「……あ、また魔物が来てる。む、周りに冒険者がいない。仕方ないね」

「うんうん。あぁでも、やる気満々なメイがいるから気にしなくてもいいかも。くっさむしり～」

(｀>w<)

「シュ～！　フシュ～ッ！」

無心で草をむしっているとヒタキがガバッと顔を上げ、魔物が来ているであろう方向を向く。

その姿にヒバリがあたりをキョロキョロし、メイをチラッと見たかと思えば気にせず草むしりを再開する。あ、リグもやる気満々だな。頑張ってこいよ。

近づいてきたのはゴブリンではなく、野良犬より大きい狼っぽい魔物の群れ。

ペット達4匹が10匹以上の敵に引けを取らないっていうか、蹂躙(じゅうりん)してる感じ。頼もしい限りだ。

「……あ」

わちゃわちゃしている戦闘を見ながら草をむしっていると、ピロリン鳴った手元を見て思わず声を漏らしてしまった。

【魔力回復DX草】
普通の魔力回復草より保有魔力が多いので、DXと名付けられた経緯がある。面白い名前をしているが素材としては一級品なので安心してほしい。

手元を見ながらニヤニヤしていたらさすがに気づいたのか、ヒバリとヒタキが興味津々といった表情で俺に近づいてくる。

俺は謎のやる気を見せることにして、よくヒバリがするように、腰に手を当て薬草を掲げてみることにした。思い切りが大事だからな。

「無事見つけたぞー！」

「おぉ！　ツグ兄ぃ、やったねっ！」

「ん、ツグ兄面白いよ」

いきなりの俺の行動にも、どん引きせずに喜んでくれる2人。

……って、面白いってどういうことだ？

まぁ面白かったなら俺も大満足ということで、そっとポーズを解除して、魔力回復ＤＸ草をなくさないようインベントリにしまっておこうか。

「あ、リグ達帰ってきた。お疲れさま～！」

今度は俺達がわちゃわちゃしていると、いつの間にか戦闘を終えたリグ達が近づいてくる。

とてもホクホクした表情で帰ってくるリグ達をヒバリは笑顔で出迎え、ひとしきり撫で回す。

撫で方が結構雑なんだけど……嬉しそうだしいいか。

少し物が見つけにくい依頼ではあったけど、これをギルドの受付に持って行けば依頼は達成。

家にある本というのはよく分からんが、ヒバリもヒタキも満足そうなので俺も満足。ついでにメイも戦えて大満足。

途中に小休憩を挟みつつ暗くなる時間まで草むしりに精を出し、日が落ちるまでには王都へと無事到着。

夜になっても活気のある大通りを抜け、24時間営業をしている便利なギルドの中へ。

「これで少しでもよくなればいいなぁ……」

「ん、よくなる。きっと」

ギルドの中へ入ると何人か並んでいる受付に俺達も並び、インベントリを開いて魔力回復ＤＸ草を取り出しておく。

前の人が、採取してきたものの換金額（かんきんがく）について文句を言っていたみたいだけど、受付さんには勝てるはずもなかった。

ガックリ肩を落として去っていく冒険者を見送り、次は俺達の番。


「……これが家にあった本か」


依頼のＤＸ草を渡して少し待つと、何度も読み込まれたせいか薄汚（うすよご）れている本を、受付の人から手渡された。

ヒバリもヒタキも本に興味津々だったけど、俺達の後ろにもたくさん並んでいるので、中身を見るのは少し待ってもらおう。

俺は本をインベントリにしまい、２人とペット達を連れてギルドの外へ。

いつも通りベンチに行ってもいいけど、休憩に便利な作業場で腰を落ち着けようか。

「クエストの報酬（ほうしゅう）だもん。とっても大事な本だったんだろうね。どんな物語なんだろうなぁ」

「ヒバリちゃん、気が早い。ツグ兄、本」

作業場が空(あ)いていることを確認したあと、諸々の手続きをして2階の部屋へ。

備え付けの椅子に座ってワクワクしているヒバリと、それを落ち着かせるヒタキ。とはいえヒタキも楽しみにしているらしい。


「ははっ、ちょっと待ってな。ええと……」


お菓子と飲み物をインベントリから取り出し、双子に手伝ってもらってリグ達にも行き渡らせる。

それからお待ちかねの本をインベントリから出し、ページをめくり目を走らす。ん？ ん？

これ、漢字もろくに書けない女の子が読むような本じゃないぞ。むしろ難しい漢字を使っているし、どちらかと言えば、俺が慣れ親しんだ専門書のような……？

詳しく知りたいと思っても、薄汚れて結構ボロッとした本だから表題すら読めない。

俺が難しい顔をして本の中身を見ていることに、ヒバリとヒタキがシンクロしたように同じ方向へ首を傾げる。まぁ双子だから、シンクロのひとつやふたつ、いつものことだ。

じゃなくて、多分これは俺じゃなく2人のほうが分かるかも。

面倒な言い回しと難解(なんかい)な漢字に皺(しわ)の寄っていた眉間(みけん)を労ってやりつつ、ものすごく楽しそうな表情のヒバリに本を手渡す。

「俺にはよく分からないから、見てくれ」

「ツグ兄ぃの眉間がすごいシワシワだったから、もしかしたら大人の絵本かと思った！」

「ツグ兄、あまり耐性ないから真っ赤になる」

「あぁ、それもそうだね！」

「お、おまえら……」

　美味しそうにクッキーを食べるリグの背を撫で、俺もクッキーを口に放り込もうとした直前、２人の爆弾発言のせいで落としてしまった。ちょっと前のネタを持ってくるんじゃない。

「シュ〜ッ！」

ヽ(＊・ｗ・＊)ノ

「あ、リグ……いや、いいか」

　落としたクッキーを嬉しそうにリグが食べ始めたので、止めようとして思いとどまる。

　リグはもともと野生の魔物なんだから、これくらい大丈夫だろう。合い言葉は野生強い、だ。

ヒバリとヒタキが渡した本にかじり付いているので、不本意ながら放って置かれてしまった小桜と小麦も膝の上に乗せ一緒にお茶会をしようと思う。

リグ、メイ、小桜と小麦、もふもふ祭りだな。

「ふむふむ。ははん、なぁるほどねぇ～」

俺がリグ達とまったり遊んでいると、何度も力強く頷いたヒバリがニヤニヤ笑っている。ヒタキはまだ読み込んでいるので、代わりにヒバリが説明してくれると思う。何か分かったらしいし。

「それで、なんの本か分かったのか？」

「もっちろん！　簡単に言うとね、特定の戦闘職に向けたスキル本みたいなやつだよ」

「スキル本……。ええと、それでスキルを覚えられるか？」

「もちもち！　ツグ兄ぃは無理っぽいけど」

聞いてほしそうな顔のヒバリに苦笑しつつ問いかけると、嬉しそうに表情を輝かせる。

そしていつも通りのグッジョブポーズと共に、俺でも分かるように説明してくれた。

今回俺達がクエストでもらった表題すら読めない本なんだけど、ヒバリとヒタキが言うには、読めばスキルが覚えられるというスキル本らしい。

スキル本には色々と種類があり、これは特定の戦闘職向けのもの。

俺の職業——テイマーも戦闘職ではあるが、結構特殊な職業なので、このスキルは覚えるのが難しいと。一方、ヒバリやヒタキなら楽に読めるらしい。へぇ。

ちなみにスキルの内容は……【狩猟術】だっけ？　本当は鳥獣を捕らえたり狩ったりする術なんだけど、魔物にも効果が及ぶようだ。

俺達の中じゃヒタキがもっとも覚えやすい。なので現在、ヒタキが本にかじり付いているというわけだ。

「本なら使い回せるけど、読み込むのが大変だよねぇ。ポンッて簡単にくれればいいのに」

「……ん、覚えた！」

ヒバリが独り言のように言い、クッキーを口に放りこんでいると、ヒタキが声を上げた。

俺もヒバリも興味津々だったのでバッと彼女を見たら、やり遂げたという表情のヒタキからグッジョブポーズをもらう。

「スキル【狩猟術】ゲット。これは動物や魔物を捕まえたり狩ったり、スキルレベルが高くなれば倒した数によって弱点が見れたりする。いいスキル」

「へぇ、なるほど」


新しいスキルを覚えたことで興奮したのか、ヒタキがいつもより少しだけ饒舌になり、色々と話してくれた。

弱点が分かれば戦闘がスムーズになるから、早く終わるかもな。

確か、弱点を攻撃すれば通常の2倍ダメージを与えられる……だったか。まぁ、敵も簡単に弱点を晒してくれないけど。

俺的解釈で勝手に納得していると、ウインドウを開いたヒバリが聞いてくる。

「あ、そろそろログアウトの時間かな？」

「んー……お、そうだな。ほら、っと」

俺もウインドウを開いて確認すると、確かに時間が迫っている。

籠の中に残っているクッキーをリグ達の口に放り込み、飲み物は俺が飲み干した。

身支度を整えて作業場から退出し、今度はいつも通り噴水広場へ。そしてリグ、メイ、小桜と小麦を撫でてから休眠状態にする。

俺達は1時間とか3時間とか待てばログインできるけど、7時間待たないといけないペット達は可哀想かも。だから忘れないように。

最後にステータスだけ確認してからログアウトしよう。

REAL&MAKE
リアル アンド メイク

【プレイヤー名】
ツグミ
【メイン職業／サブ】
錬金士（れんきんし）Lv 45／テイマー Lv 44
【HP】903
【MP】1748
【STR】167
【VIT】168
【DEX】272
【AGI】158
【INT】294
【WIS】273
【LUK】230
【スキル10／10】
錬金（れんきん）31／調合32／合成37／料理87／
ファミリー17／服飾（ふくしょく）34／戦わず46／
MPアップ61／VITアップ28／AGIアップ24
【控（ひか）えスキル】
シンクロ（テ）／視覚共有（テ）／魔力譲渡（じょうと）／
神の加護（かご）（1）／ステ上昇／固有技 賢者（けんじゃ）の指先
【装備（そうび）】
にゃんこ太刀（たち）／フード付ゴシック調コート／
冒険者の服（上下）／テイマーブーツ／
女王の飾り毛マフラー
【テイム3／3】
リグ Lv 68／メイ Lv 69／小桜・小麦 Lv 43
【クエスト達成数】
F40／E14／D3
【ダンジョン攻略】
★★☆☆☆

REAL&MAKE
リアル アンド メイク

REAL&MAKE
リアル アンド メイク

【プレイヤー名】
ヒバリ
【メイン職業／サブ】
見習い天使Lv 49／ファイターLv 49
【HP】2098
【MP】1205
【STR】305
【VIT】394
【DEX】252
【AGI】253
【INT】271
【WIS】242
【LUK】286
【スキル10／10】
剣術II 13／盾術II 17／光魔法71／
HPアップ91／VITアップ95／挑発91／
STRアップ59／水魔法9／MPアップ43／
INTアップ34
【控えスキル】
カウンター／シンクロ／ステータス変換（へんかん）／
重量増加／神の加護（1）／ステ上昇／
固有技 リトル・サンクチュアリ
【装備】
鉄の剣／アイアンバックラー／
レースとフリルの着物ドレス／アイアンシューズ／
見習い天使の羽／レースとフリルのリボン

REAL&MAKE
リアル アンド メイク

REAL&MAKE
リアル アンド メイク

【プレイヤー名】
ヒタキ
【メイン職業／サブ】
見習い悪魔Lv45／シーフLv44
【HP】1160
【MP】1179
【STR】227
【VIT】198
【DEX】372
【AGI】319
【INT】244
【WIS】239
【LUK】254
【スキル10／10】
短剣術87／気配探知55／闇魔法61／
DEXアップ87／回避90／火魔法15／
MPアップ33／AGIアップ34／
罠探知48／罠解除29
【控えスキル】
身軽／鎧通し／シンクロ／神の加護（1）／
木登り上達／ステ上昇／固有技 リトル・バンケット／
忍び歩き26／投擲39／狩猟術1
【装備】
鉄の短剣／スローイングナイフ×3／
レースとフリルの着物ドレス／鉄板が仕込まれた
レザーシューズ／見習い悪魔の羽／始まりの指輪／
レースとフリルのリボン

REAL&MAKE
リアル アンド メイク

これでやり残したことはないので、俺は【ログアウト】ボタンを押した。

目を開くと、身体を預けていたビーズクッションがいい仕事をしていたらしく、肩や腰が凝っていないことに気づきプチ感動。

雲雀や鶲にも同じ感動を味わってもらってから、俺は２人に後始末を頼み、食器を洗うためキッチンへ向かう。

水に浸けたおかげで洗うのが楽そうな食器を片すことに専念しつつ、ヘッドセットの片づけをしている２人に問いかけた。

「そういえば、明日は瑠璃ちゃんと遊ぶんだよな？」

「うん！　えへへ、どんどん私達と遊んでくれる人が増えて嬉しいなぁ～」

「ん、テンションあげあげ」

どんなことして遊ぶのか楽しみだな。雲雀と鶲があの口振りだから、多分学校で決めるか、その場で決めるんだろう。まぁ、楽しいから構わないけど。

あ、あとさっきのことで、ちょっと疑問が浮かんだった。

「なぁ、さっきのスキル本。俺が読むには難しいって言ってたけど、美紗ちゃんだとどうなるんだ？」

「……え」

「ん、んんんん、んんっ」

何気なく聞いたら、空気が固まった。

雲雀は俺のほうを向いてビシッと固まった感じだけども、鶲は咳払いをして誤魔化そうとしている……が、全くできていない。

ちょうどいい具合で食器洗いが一段落したので手早く手を拭き、リビングに通じる扉の前に立って逃げ場をなくしてから2人に尋ねる。

「教えてくれなきゃ、お前達がお風呂に入っている間に、なぜかプリンが3つ俺のお腹に入ってしまうかもしれないなぁ」

「ず、ずるっ！　って、隠すようなことじゃないよ」

「べ、別に聞かれたら話す。安心してほしい」

雲雀も鶲も少し慌てた様子だったけど、途中から笑い声の混じる攻防になってしまった。俺達兄妹でこういう空気になっても、結局すぐ笑顔になってしまうので、緊張感なんてあってないようなものだ。

まぁ仲がいい証拠だし、微笑ましいと諦めよう。喧嘩ばっかりの兄妹よりずっといいはず。

ちょっと早い食後のおやつタイムにし、ソファーに座る俺達。

俺の質問には鶲先生から答えてもらいつつ、自信作のプリンを頬張る。

結論から言うと、美紗ちゃんも俺とどっこいどっこい。

俺よりはマシかもしれないけど、戦闘能力に極振りの彼女に救いはないらしい。

「【狩猟術】は戦闘職のサポート系向きだから、美紗ちゃんにはちょっと難しい。あと、これを本気で説明するならシステムの解説からだけど、それは私も詳しく話せない。13歳にはちょっとどころじゃないくらい難しい」

「いやいや、ありがとう鶲。俺でも分かりやすかったよ」

しょんぼりして俺を見る鶲の頭を撫でながら、できるだけ優しい声を出す。

何となく分かったのは本当だし、折角説明してくれたんだ。本当にありがとう。

ちなみに食べ終わったプリン容器は、説明に参加することができない雲雀がシンクに置いてきてくれたよ。

リビングにかけてある時計を見たら、そこそこ時間が経っている。

俺が言い出したことだから申し訳ないんだけど、２人にお風呂に入るよう急かした。

そして俺も明日の準備を済ませてお風呂。

寝付きがいいのでベッドに入ってすぐ就寝だ。

雲雀的に言えばスヤァ、だっけ？

【運営さん】ＬＡＴＯＲＩ【俺達です】part 6

（主）＝ギルマス

（副）＝サブマス

（同）＝同盟ギルド

１：プルプルンゼンゼンマン（主）

↓見守る会から転載↓

【ここは元気っ子な見習い天使ちゃんと大人しい見習い悪魔ちゃん、生産職で女顔のお兄さんを温かく見守るスレ。となります】

前スレ埋まったから立ててみた。前スレは検索で。

やって良いこと『思いの丈を叫ぶ・雑談・全力で愛でる・陰から見守る』

やって悪いこと『本人特定・過度に接触・騒ぐ・ハラスメント行為・タカリ』

紳士諸君、合言葉はハラスメント一発アウト、だ！

・

・

・

390:かなみん（副）

随分とカオスな空間と化している……。

あ、いつものことでしたね。ふひひひひひ。

書き込む　全 部　＜前100　次100＞　最新50

391:もけけぴろぴろ

>>387とりあえずの動向としては、ログインして、ゲテモノを抱き合わせて売る有名な露店と戦ってる。微笑ましいんだけど、ハラハラもする。

392:ましゅ麿

>>383それな。日本人としては一度でいいから既存の刀振り回してドヤ顔したい。カッコいい。

393:餃子

今日はスキル上げでもしようかなぁ。言わなきゃやらない派だからいっぱい言わなきゃ（使命感）

394:白桃

顔出し芸能人プレイほど面倒なことはないぜ。取り巻き集団に巻き込まれて素麺みたいに流されていった。俺じゃないぜ？　低身長の友人だぜ？　世知辛い。

395:氷結娘

>>390お、お姉ちゃんは武士でしたか……。

書き込む　全部　<前100　次100>　最新50

396:黒うさ

かつてこの板がカオスじゃなかった時なんてあっただろうか？　いや、ない。断定しよう。

397:ナズナ

ゲテモノなぁ……。悪鬼の肝袋はクッソマズかった。それだけは言える。土のほうがマシってくらい。

398:こずみっくZ

おれ、ここえいじゅうのちにしようかな。りょうりがおいしいってすてきなんだね。

399:わだつみ

>>391あぁ、あそこ有名だよな。今はもう肉屋行ってるけど、あそこも有名。口がうまいのは商売上手の証、かもしれないけど……けどっっっっ！

400:ちゅーりっぷ

次はどこ行くんだろ？　外に魔物狩りかな？

401:かるぴ酢

>>395男かもしれんぞ！　気をつけろ！

書き込む　全部　<前100　次100>　最新50

402:コンパス

とりあえずここで出来ることしとくべ。

403:フラジール（同）

可愛い魔物多いよね。倒すけど。くっ、私が隠れ可愛いもの好きだと運営は知っているのか……！

404:中井

>>397ここはゲテモノはゲテモノだから気をつけたほうがいい。現実みたいに美味しいゲテモノなんかない。これは俺の実体験でもある。いいね？

405:夢野かなで

みんな～、お兄さんお外行っちゃうよ～？

406:密林三昧

>>394ご、ごしゅうしょうさま……。

・

・

・

428:コンパス

ある日、森の中で、出会ってしまった、ハチミツの申し子。鬼神

書き込む　全部　<前100　次100>　最新50

様ぁぁぁぁぁぁぁぁぁっ！！！！

429:氷結娘
>>424森、というよりハチミツが好きな魔物に皆トラウマ持ちが多いんだ。察してくれwww

430:神鳴り（同）
今さらなんだけどさ、ロリっ娘ちゃん達がいない時とかって皆なにしてるん？　自分はレベリング。

431:焼きそば
やっぱお姫様は可愛いんだろうか？　この世界、顔面偏差値高いよな。こ、心に重傷が……。

432:iyokan
森は見渡し悪いから好きじゃないなぁ。

433:かなみん（副）
>>426君のような勘のいいおっさんは嫌いだよ。ぐへへへへへへ。

434:空から餡子
なんとなく使えるかもしれないと思って、植物図鑑とか買ってし

書き込む　全部　<前100　次100>　最新50

まった。現実で。結構役に立つ。似たような植物持ってくと稼げて楽しい。

435:つだち
>>430俺もレベリングかなぁ。チマチマ作業するの好きだから。

436:さろんぱ巣
>>430自分はギルドのクエスト消化。できるだけ期限間近のとか塩漬けのを選んでる。一応。

437:甘党
女王マフラー欲しいなぁ～。ちょっと高いんだよなぁ、あれ。欲しいスキル買うから我慢しなきゃ。

438:ヨモギ餅（同）
>>430うちのギルドは基本、本能の赴くままw

439:黄泉の申し子
先ほど実家から途方に暮れるほど野菜が送られてきました。近頃は！　鍋が！　美味しい！　季節になりましたね！！！！！！！！！！！
（なってない）

書き込む　全部　＜前100　次100＞　最新50

440:魔法少女♂

>>430可愛い子には秘密が多いほうがいいから教えない～☆　あとレベリング大事だからナイスだよぉ☆

441:餃子

>>434知識は増えると楽しいよな。自分も色々仕入れてどんどん部屋が狭くなってるwwwでもやめられない。悪循環のような好循環！

442:わだつみ

あぁ～、どうしてこんなにロリっ娘ちゃん達は可愛いんだろうか……。俺がロリコンだから、じゃ片づかないぜ。お兄さんも可愛いからな（哲学）

443:中井

んー、今日はいつログアウトすんのかな。

444:ましゅ麿

>>437おれもほしいよぉ～！　もふもふ。もふもふは正義！　もっふもふ。

書き込む　全 部　<前100　次100>　最新50

445:棒々鶏（副）

宿屋行くみたいだから明日も遊ぶのかな？

446:こずみっくZ

宿屋の料理うまー。

・

・

・

499:夢野かなで

お使いクエスト受けるロリっ娘ちゃん達かわいい～。可愛くないときなんてないけど！　ないけど!!

500:もけけぴろぴろ

>>494誰になんと言われようと俺達は通常営業なんだな。ロリコンだから仕方ないね。

501:かるぴ酢

ゲーム時間だけど朝一でロリっ娘ちゃん達に会えると嬉しいよなぁ。会えないやつは知らん。

502:黒うさ

こりゃまたニッチなクエをやるもんだ……。

書き込む　全部　<前100　次100>　最新50

503:sora豆

>>496これないなら先回りするか、その場所に来てくれることを願って留まるか。君次第さ！

504:ちゅーりっぷ

外に行くたび、ドキドキするのは……もしや恋っ！　いやいや、周りに危険な魔物はいないので安全です。普通の魔物は最近ユニーク報告もないし、大丈夫。

505:黄泉の申し子

>>500鹿棚稲

506:kanan（同）

そういや報酬につられて国境のレイドPT行ってきたんだけど、戦闘系ギルドが幅を利かせてたから自分で組んだほうがいいぞ。副マスがカンカンに怒ってしまってな……。今度、声かけさせてもらうかもしれん。

507:フラジール（同）

ドラゴンキラーの大鉄槌あげたい。羊ちゃん可愛いよぉ。……はぁ、かわゆい。

書き込む　全 部　<前100　次100>　最新50

508:密林三昧

酒場でなんやかんやあって歌うことになり、パンツを見せる歌を歌って大盛況の内に幕を落とした男とは俺のことだ！　ＮＰＣが泥酔しててラッキーだった！

509:白桃

>>500そうだな！　存在意義だもんな！　そしてお兄さん属性も開拓してきてるぜっ！

510:ヨモギ餅（同）

業が深いぜロリコンwwww

511:ナズナ

無事に目的のものを見つけたっぽい。相変わらず破壊神の戦いぶりが凄まじい。地面抉れてるってw

512:棒々鶏（副）

>>506了解だよん。高圧的なやつはどこにでもいるからご愁傷さま。

513:プルプルンゼンゼンマン（主）

>>508酒場があんなにうるさかったのお前のせいだったのかwww
入るの躊躇って損したw

書き込む　全部　<前100　次100>　最新50

514:餃子

俺もなんかクエスト受けよっかな。インベントリ持ちだし、荷物運びとかお手軽にできるからなぁ～。なお対人スキルはご愛敬（あいきょう）。

515:フラジール（同）

>>506お疲れさまでした。私達も一枚噛（か）ませてもらいたいものですわ、うふふふふふ。

516:コンパス

あ、無事クエスト終了したみたい。こちらもボチボチ解散かねぇ。

書き込む　全部　<前100　次100>　最新50

色なんやかんや盛り上がりつつ、紳士達は思い思いに解散していくのだった……。

いつも通りの朝。朝食を食べ、雲雀と鶲を送り出し、一息ついてから家事の諸々。そしてあっという間に2人の帰宅時間となる。いやぁ、実に充実した主夫生活だな。今日は顧問の先生の都合で部活がなかったので、昨日より早い帰宅となった。部活があるときはジャージで帰宅するので、たまにしか見られない貴重な制服姿を拝むことが……って、別に貴重でもなんでもないか。

「今日は早く帰ってきたから、ゲームの前に情報収集と行きますか！　あ、今日宿題ないからねっ」

「宿題ないの、本当だから。……情報は、大事。今日は瑠璃ちゃん達とも遊ぶからね。ふんすふんす」

「はいよ。こっちは夕飯の支度するから」

帰宅が早く宿題もない今日は絶好の情報収集日和だと鼻息を荒くする2人。

俺は他にやることがあるので参加できないが、あとで教えてもらうのも楽しい。自信満々に胸を張って教えてくれる姿が可愛らしいんだ。


「――あ、なんか楽しそうな感じ！」

「ちょっとしたイベント、そろそろ解禁して参加してもいいかもしれない」

「そうだね。ゴブリンキングのときとか、レベルも戦力も不足してたもんね。今ならよかったのに～」

「こっち、こういう小さなイベント。どう？」

「おぉ～、楽しそうですな。さすがひぃちゃん！」


２人の楽しそうな声をＢＧＭにして、俺は下拵(したごしら)えなどを済ませた夕飯作りを再開した。準備が終わっているせいもあり、比較的早い時間に作り終えた。

まぁ早めに食べたとしても、早めに寝れば夜食はいらないだろう。

仲良さげに頬を寄せ、パソコンを覗き込んでいた雲雀と鶲に「夕飯が出来たぞ」と声をかけ、テーブルへ運ぶのを手伝ってもらった。

食事中は、先ほど集めたばかりの情報を聞きながら、どんなことをしようかといった想像を膨らませた話で盛り上がる。

雲雀いわく、「キャラメル」みたいなテントの集団が王都の近くに来て、色々と催し物をするとか。多分「キャラバン」のことだよな？　隊商の。

んで鶍が言うには、マンドラゴラならぬキャロドラゴラ収穫のお手伝い。

大きな農場が王都の近くにあって、人手を探しているからお手伝いをするとかなんとか……。


「瑠璃ちゃんがもっと面白そうな遊びを持ってきたらそっち、って感じなんだけどね～」

「打ち合わせなし。ぶっつけ本番の一本勝負」

「水曜日だからゲームできる時間、限られすぎだけどこういう遊び心も大事なんだよぉ」

話を聞きながら、俺はなるほどと納得して頷く。

瑠璃ちゃんとの「打ち合わせはなしで！」という会話が目に見えるようだ。君達が楽しいなら俺も楽しいから気にしないけども。

楽しく美味しい夕飯タイムは過ぎ去ってしまい、残ったのは綺麗になったお皿だけ。

「さってとぉ、ごちそうさま！　つぐ兄ぃ、食器お水に浸けたらゲームできる？」

「ん？　あぁ、そうだな。できるんじゃないか？」

「……私はつぐ兄の手伝い、雲雀ちゃんは瑠璃ちゃんとログイン合わせして」

「おぅけぇいっ！」

俺が同意すると2人が素早い動きで準備を整えていく。端から見るとすごく面白いぞ。

全ての準備が終わると、俺の目の前には期待に満ち溢れた表情の雲雀と鶲。瑠璃ちゃんとのログイン打ち合わせも終わったようだ。

「待たせたな。さて、ログインしようか」

「ん、時間的にもいい感じ」

「今日もいっぱい遊んじゃうんだからねぇ～！」

俺はヘッドセットを受け取り、なんとなく決まっている定位置に座った。

心地よいビーズクッションにもたれ、妹達も座ったのを確認してから、ヘッドセットのボタンをポチり。

◆　◆　◆

目を開けたら太陽の日差しを強く感じたが、ゲーム内時間はまだ朝方だ。

ザッとあたりを見渡しても瑠璃ちゃんは来ていないので、今のうちにリグ達を喚び出しておこう。覚えているうちに。忘れてしまう前に。

「……ん、主役は遅れてやってくる。ほら」

「一応、時間は合わせたんだけど……」

眉(まゆ)を八の字にしてキョロキョロ見渡すヒバリに対し、全く心配していません、といった表情で指を差すヒタキ。

今日もよろしくとリグ達に挨拶をしていた俺は、ヒタキが示したほうを見た。

そこにはログインしたばかりらしい瑠璃ちゃん——いや、ルリとシノがいて、ルリのほうは猫のように身体を伸ばしている。

一気に表情が明るくなったヒバリがルリの元へ走っていったので、俺とヒタキは顔を見合わせてのんびりついていく。

さほど遠くない場所だったので、ヒバリが慌ただしく走っていくと、ルリ達はすぐに気づいてこちらを向いた。同時にルリの表情がパァッと明るくなり、寄ってきたヒバリ持ち上げてグルグルまわし……お？　おぉ？

ゲームのスターテスがあればこそだと思うけど、なんだか面白い物を見れた気がする。

「ぐ、ぐるぐるぅ……」

ヒタキは真顔ながら笑っているらしく肩をブルブル振るわせていたし、シノはジーッと2人を眺めているだけ。

俺しかいない！　とヒバリを助けたのはいいんだけど、少し遅かったようだ。彼女の犠牲は無駄にせず、俺達は賢明に生きていかねば……なんてな。

「ご、ごめんっ。嬉しさを表現しすぎちゃった」

「じゃあ、仕方ないね！　驚いただけだから大丈夫だよ。頑丈さが取り柄のひとつだし」

「そ、そう言ってもらえるとすごく助かるわ……」

大した危機感は抱いてなかったけど、彼女達を見守っていると、すぐに仲直りタイムになったのでホッとした。

一方、ヒタキとシノはいつの間にか肩を並べ、何やら話し込んでいる。

手を取り合って楽しそうなヒバリとルリに、ウインドウを開いてポツリポツリ作戦会議をするヒタキとシノ。

なら俺は、リグ達と親睦を深めるしかないじゃないか。1匹ずつ抱きしめてモフモフするぞ。

「よぉし、もういち……あ、終わったか」

「シュッシュ～、シュッ！」

ヽ(*・w・*)ノ

小桜と小麦、メイ、リグを抱きしめて毛並みを堪能し、さてもう一巡するかといったところで時間のようだ。最後にリグ達の頭を軽くひと撫でし、なぜか俺を中心として集合。別にいいけど。

楽しそうにキャッキャしているヒバリとルリにリグ達を任せ、俺はヒタキとシノに話しかけた。

「ヒタキ達は何を話していたんだ？　今日の予定か？」

「ん、有意義な意見交換だった。被ったアイデアもあるけど、マイナーな板から面白い情報拾ってきてくれた。ほくほく」

「……ルリが壊滅的なんで、俺がやるしかないんです。まぁ、見返りはありますけど」

ヒタキは長年のお兄ちゃんの勘で、表情とは裏腹に楽しそうなことが分かるが、まだ2回しか会ったことのないシノは少々分かりづらい。

あぁでも、ちょっと楽しそうな感じが……あとでお菓子をそっと渡しておこう。

っと、話を戻して、今日の遊ぶ時間はゲーム内時間で2日。

王都の闘技場で開催される大会に参加するので、ここから離れて遊ぶのは極力避けたい。落ち込みそうだからな、ミィとメイ……バーサーカーが。

ちなみに大会の日程をヒタキ先生に調べてもらうと、現実時間で来週の土曜日の夜だということが判明した。

とりあえず予定を聞く前にこの賑やかな場所を離れ、いつも通り人気のない隅のベンチへ。

あの場所はログインしてきた人やログアウトする人達でごった返しているから、落ち着いて話をするのは難しいかも。

「ツグ兄、座って作戦会議」

「ほらシノ、シノも座る！」

妹達にベンチを譲る気持ちでいっぱいだったのに、思い切り詰めて腰かけた彼女達の両脇に座らざるを得なくなってしまう。

嫌なわけじゃないんだけど、この並びは絵的に大丈夫……か？

「さてさぁて、仕切り直して今日明日の予定をパパッと決めて、遊んじゃおうか！」

俺の考えなんて知るか、といわんばかりのヒバリが小躍(こおど)りしそうな雰囲気で言う。ちなみに小桜と小麦は双子の膝の上、メイはルリの膝の上でリグは俺の頭の上だ。

俺側に座っていたヒタキがウインドウを開いて俺のほうへ向け、力強くグッジョブポーズをしながら説明してくれる。

「ん、今日の予定はさっき言ってたキャロドラゴラの収穫お手伝い。楽しそうだし、現物支給もしてくれるって。野菜でもあり、調合品でもある」

「なるほど。食欲に負けたのか」

「にゃはっはっはっは、そうとも言うね！」

なんとなく理由が分かった俺が軽く頷くと、ヒバリが面白い笑い方をしてヒタキと同じくグッジョブポーズ。

「そっ、そうよ！」

「……です」

２人を見たルリが慌てて人差し指をビシッと突き出し、間違えたグッジョブポーズをした。まさかやるとは思わなかったシノもヘロヘロなグッジョブポーズ。

あぁー、そこは空気を読まなくてもよかったかもしれない。でもやる気は満々なんだな、うん。

ホクホクと達成感に満ち溢れた表情のヒタキに色々と任せるとして、俺達はギルドに向かわないと。

もちろんキャロドラゴラの収穫だって、クエストとしてギルドに貼り出されている。飛び入りでも大丈夫らしいけど、クエスト達成数は稼いでおきたい。

あぁ、その前にルリとシノのＰＴと、ユニオン？　レイド？　ＰＴを組まないと。

攻撃しても大丈夫になる恩恵はとても大事だ。もしかしたらメイの攻撃が当たってしまうかもしれないし、保険をかけるに越したことはない。

ギルドに着くと忙しい時間帯ではないようで、クエストボードの前は空いていた。

すかさずヒバリがボードの前に陣取り、頑張ってクエスト用紙を探す。

「えっとぉ、クエストクエスト～」

これ、用紙が結構適当に貼ってあるので、ごちゃごちゃして見つけにくいんだよな。けどヒバリとヒタキが言うには、その雰囲気がすごくギルドっぽくていいらしい。俺にはよく分からんけど。

ヒバリがペリッと剥がしたものを俺も確認する。

【キャロドラゴラ収穫の手伝い】
【依頼者】ピーター（ＮＰＣ）
王都ローゼンブルグ北東に広がる農場にて、キャロドラゴラを収穫する手伝いを募集しております。
【条件】体力と素早さがあると尚良し。
【ランク】Ｅ～Ｆ
【報酬】出来高。現物支給可。

よし、これで大丈夫だな。条件の体力と素早さに嫌な予感がするけども、気にしない方向で。

ついでに周辺にいる魔物を討伐するクエストの用紙も取り、受付に持っていってパパッと手続きしてもらおう。混雑してないからすぐに終わったよ。

「アイテムとかの準備はできてるし、あとは行くだけってやつだね！」

「私達も準備万端よ。いつでも行けるわっ！」

「ん、出発する」

俺が受付でクエストの手続きをしている間に、妹達は準備を済ませていた。

行けるというのなら早速出発してしまおう。

普段は南側の門を使うことが多いけど、今回は北側の門を通って目的の場所に行くぞ。

並びは先頭がヒタキと小麦小桜、真ん中は俺とリグとヒバリ、後ろにルリとシノとメイだな。

「あ、王都だけあってこっちもきちんと整備されてるな。見晴らしがいい」

……あ、俺も自分で、何当たり前なこと口走ってるんだ、って思ったから。

王が暮らす都なんだから、どこから見ても見栄え（みば）が良いように整備されてるに決まっている。

唯一の救いはひとり言だったので、誰にも聞かれなかったことだ。

「キャロドラゴラの収穫は、量が多ければ多いほど給料がもらえるから、今日は寄り道しないで真っ直ぐ（ます）行くね。いっぱい収穫していっぱいもらうんだ～」

ヒバリがこちらを向き楽しげに話しかけてくる。

舗装された比較的安全なルートを通って行くから、魔物に出会うことはないだろう。多分だけど。

まったり会話しながら道沿いに歩くこと数十分。視界が開けたと思った瞬間、広大な農園が目に飛び込んできて、俺達は足を止めた。

そりゃこれだけ大きかったら手伝いも欲しくなる。

「……ええと、とりあえず、依頼主を探すか」

一応土地はきちんと区画整理されており、それぞれで違う野菜などを作っているようだ。俺達が手伝うのはキャロドラゴラの収穫なので、とりあえずそれっぽいのを探せば依頼主も見つかるだろう。

名前の後半はよく分からないが、キャロはキャロットだと推測する。主夫である俺が探すのは容易い。農場を覗き込んだり出会う人に事情を説明したり、目的の場所を教えてもらったり。

場所が分かったら、あとはそこを目指して一直線に進もう。

他の野菜の区画を囲う柵は、立派な杭が等間隔で並び、風通しがいい感じだった。だがこのキャロドラゴラの柵はどうだろう？

俺の腰より少し上くらいの高さ、という点では他の野菜と同じだ。しかし隙間なく覆われている。


「……この厳重さ、まさか逃げるんだろうか？」


ちょうど隣に来たヒタキを見れば、俺の言葉を聞いていたらしく頷いてくれた。

この世界では羊も二足歩行するからな。野菜が歩いたり逃げたりしても驚かないぞ。

「あっ！　あそこに依頼人さんがいるよ！」

「本当だ。ちょっとすみません！」

「すみませぇ～んっ！」


俺とヒタキで視線を合わせて色々やっている間に、ヒバリとルリが依頼主らしき人を見つけて声を張り上げた。

腹の底から出された声は、結構遠い場所にいた依頼人にも届き、こちらに向かってくる。

依頼人のピーターさんは、ザ・農家って感じの服装だった。

ぱっと見頼りにならなそうな俺達を信用してくれる良い人だ。それだけ人手が欲しいだけかもしれないけど。


『キャロドラゴラはキャロット、つまり人参がマンドラゴラと何らかの形で融合(ゆうごう)しちまった魔物？　らしい。そこら辺は冒険者のほうが詳しいだろ。んで、依頼した仕事は一言で言うなら、あいつらの捕獲(ほかく)……収穫だ。あいつら、引っこ抜かれたら葉を切り離して逃げちまうんだ。論より証拠ってやつだ、見てな』

厳重に作られた柵の中に入ると、ピーターさんはすぐに仕事の話を始めた。そして土から出ているキャロドラゴラの葉を、俺達が見えるように思い切り引っ張り上げた。

するとその瞬間、葉と根の部分にパッと綺麗に分かれる。

地面に落ちた根の部分からは手足が生え、瞬く間に逃げていってしまった。

な、なんとなく分かった気がする。みっちりと隙間のない柵になっている理由とか、元気に走り回れる人を探していた理由とか。

運動神経にはちょっと自信がない俺だけど、追い込み漁のイメージでやれば大丈夫そうだ。

多少手荒に扱ったとしても、使い道は多く引き取り手には困らないので大丈夫なこと。

太陽が沈むころには自分が家に戻るので、収穫のリミットはそれくらいなこと。

キャロドラゴラを入れる麻袋の場所、それを積む台車の場所……。

軽く一通り教えてもらったら、さぁ始めようって雰囲気になった。

ちなみにピーターさんは、麻袋がたくさん積まれた台車を押して行ってしまった。まぁクエストにするくらいなんだから、きっと忙しいんだよな。

まず最初の作業として皆に麻袋を２枚ずつ配り、そこからちょっとした作戦会議。２枚配ったのは、葉と根を分けて入れるため。

「んん～、どうしよっか？」

「私は運動大好きだから、走り回っても大丈夫だけど……。細かいことは苦手なんだよなぁ」

俺が麻袋を配っている間、ヒバリとルリが話していたんだが、結局考えることをやめたようだ。

「時間はすぐ過ぎるから、とりあえず考えるのは引っこ抜いてからでいいと思う。どうしようもなくなったら作戦会議、って感じで」

あ、ヒタキも考えることをやめたらしい。

まぁどれだけ走り回ってもいいし、相手の動き次第ってことで。給水度にはちょっと注意が必要だけど、基本は突撃あるのみ。

となれば解き放たれた獣のように、自由行動を始める2人と1匹。ヒバリとルリとメイなんだけど、面白そうなので見学していようか。

彼女達の気が済んだらリグに手伝ってもらい、俺も収穫を始めるつもり。

「思いっきり引っこ抜いて、素早く受け止めるってのはどう？　葉と根が切り離される前に」

「う、うぅ～ん。できるかなぁ」

(＊・ェ・＊)ノ

「めっめっ、めめっめ」

ルリの言葉に賛成してメイがピョンピョン飛び跳ね、半信半疑だったヒバリも大きく頷く。

チャレンジ心を忘れておらず大変よろしい。

現実世界では不可能でも、ゲームでなら容易くできることもある。無謀なことでも試してみる価値はある、かもしれない。

というわけでやることになったんだけど、結果だけいうなら10戦0勝の大惨敗。キャロドラゴラのほうが一枚上手だった。惜しかったけどな。

走り回る11匹のキャロドラゴラは逃げる心配がないので放っておき、肩をガックリ落とした2人と1匹を呼び戻す。

作戦と呼べるものでもなかったけど、何も考えないよりはマシだと思う。

「つ、次の私達はうまくやるでしょう……」

「なんだそりゃ。とりあえず適当にいっぱいキャロドラゴラ引っこ抜いて、ある程度になったらリグの糸で釣り上げる。これがいいと思う」

「お、おぉ、お?」

近寄ってきた途端に、ヒバリが俺が分からないネタを入れてくるのでバッサリ返し、軽く考えた作戦を話した。

だが大雑把すぎたのか、目の前にいるヒバリは頭上に疑問符を並べている。

これはあれをやればいい。

首を捻っているヒバリの肩を軽く掴み、「いいか、何回でも言うけどよく聞いてくれ。つまりヒバリはキャロドラゴラを引っこ抜く、手に残った葉を麻袋に入れる、俺とリグはキャロドラゴラを捕まえる。簡単だろ?」と念を押した。

「うっ、うんっ。簡単だね!」

……どうにかヒバリも分かってくれたので良しとしよう。

俺はヒバリから離れ、皆の顔を見渡した。作戦の要を担ってくれるリグもやる気満々だし、やる気のなさそうな約1名は俺のお菓子で買収すればいいので簡単だ。

「それじゃ、各自持ち場に着き次第始めてくれ。そこからは自由行動で大丈夫。何か分からないこと、不慮(ふりょ)の出来事に直面したらすぐ報告すること」
「はぁ～いっ！」
「ん、了解」
「分かった。そっちも気をつけてね」
「……給料分の仕事はします」

気分を切り替えるように軽く手を打ち鳴らし、皆の意識をこちらに集中させ、まるで引率の先生のような注意事項を告げた。

それぞれが返事をして、ゾロゾロ散開(さんかい)していく。小桜はヒタキ、小麦はヒバリ、メイはルリについて行ってくれたので、俺の側(そば)には頭上にリグがいるだけだ。

シノが1人だけになってしまったけど、きっと気にしていないと思う。

というかシノ、すごく嫌そうな顔をしていたのに、お菓子をチラつかせたらチョロかった。お兄さんは心配だぞ？

「さてリグ、今から大変かもしれないけど頑張ってほしい」

(＊>w<＊)
「シュシュッ、シュ～」

皆が遠くへ行ったのを確認してから、リグに話しかけた。俺達は皆がキャロドラゴラを引っこ抜いてからが忙しいので、今はまったり話していても大丈夫。

可愛らしいリグの仕草と返事に癒されつつ、皆がどうしているかサッと見渡す。順調にキャロドラゴラを引き抜いているようなので、そろそろ動き出すか。

リグの糸はスキルレベルが上がって範囲が広くなったし、捕まえるのは容易いだろう。やる気満々といった感じで、身体を小刻みに揺らしているリグ。手始めに、ずっと柵に体当たりしているキャロドラゴラを捕まえてみよう。

ピーターさんいわく、今まで壊されたことのない特別製の柵らしい。そりゃ頼もしい。

「リグ、あいつを糸で捕まえてくれ」

(｀・w・´)
「シュッ!」

インベントリから麻袋を取り出し、目を付けたキャロドラゴラを指差すと、リグが元気に了承してくれた。頭に乗っていたリグを腕に移動させ、ゆっくりキャロドラゴラに近づく。あとはリグ任せなんだけど、心配はいらないのがリグ先生。まぁ自分の武器だから上手なのは当たり前で、俺がハラハラしても仕方ないかも。

キラキラと日差しで輝くリグの糸がキャロドラゴラに向かい、気づかれる前に巻き上げ

-•w•-

た。

「よっし、まずは1匹……1本か？　まぁどっちでもいいか」

（・w・?）

「シュ？」

宙を舞うキャロドラゴラを上手くキャッチし、ジタバタ暴れるそれを麻袋の中に入れる。

動きは速いけど力は全くないので、ＳＴＲ（力）のステータスが悲しいことになっている俺でも問題ないから助かった。

「さて、歩き回ってキャロドラゴラ回収するぞ」

（＊・w・）

「シュシュッ、フシュ〜ッ！」

気合いを入れるようにリグに話しかけると、リグも気合い十分といった様子で返事をしてくれる。皆の様子見も兼ねて、歩き回ってキャロドラゴラの回収をしよう。

キャロドラゴラの移動速度は早いみたいだけど、察知能力はあまりないようだ。柵に体当たりをしてこちらに意識がないと、相当近づかないと気づかないらしい。

リグの糸で入れ食い状態を体験できるとは。楽しくなってきた。

「ん、ツグ兄。どうしたの？」

「どうってことはないんだけど、調子はどうだと思って見に来た。成果はどんな感じだ？」

「んふふ、見ての通り上々」


時計回りに回っていると最初に出会ったのはヒタキで、俺の姿を見て首を傾げた。そして反対に問いかけると、麻袋を掲げてくれる。

その麻袋は、葉がはみ出そうなほど中身が詰まっており、言葉通りということを証明していた。

俺の麻袋も同じくらい入っているんだが……モゾモゾしてるんだよな。キャロドラゴラ本体だから仕方ないけど。

ただ、袋の口さえ縛(しば)ってしまえば大人しくなる。土の中にいると勘違(かんちが)いでもするのだろうか？　よく分からん。

大人しくなったキャロドラゴラ入りの麻袋をインベントリにしまい、新(あら)たな麻袋を持ったら他の場所へ向かうか。

「ツグ兄とリグだけじゃ収穫しきれなくなったら、私もそっちの役になる。頑張って」

俺が移動しようとしているのが分かったのか、ヒタキが励ましの言葉をかけてくれた。

「あぁ、ヒタキも。まぁ俺の場合、リグが頑張ってるだけだけどな」

(>w<*)

「シュシュッ、シュ～！」

「ん、ツグ兄もリグも頑張ってる」

「ありがとう」

リグを撫でつつ笑顔で返事をすると、リグも元気よく鳴いた。

大人しくしていた小桜の頭を一撫でするのを忘れずに、歩き出す。

農場は広いので俺達だけで大丈夫かと少し心配していたけど、結構なんとかなるもんだ。

ほとんど俺以外の働きのおかげだけど。

俺は仕事が終わったあとに役目があるから、それで同程度ってことで。

「あ、ツグ兄ぃ！　ちょっとそこで待っててっ！」

「ん？」

次に出会うのはヒバリだな、と思っていたら、ヒバリが獣のような勘を発動させ、ガバッと顔を上げて叫んだ。

一体なにをやりたいのか分からないが、きっと面白いことだと思う。

「よぉっし、行くよツグ兄ぃっ！　へいっへいへいっへいへいへい！」

「……」

ヒバリが嬉しそうに声を発したかと思うと、足下に生えているキャロドラゴラを引っ張り上げ、素早く左右に動き出す。

俺がその奇っ怪な行動に唖然としたことは言うまでもない。リグでさえ固まっていたぞ。

だが彼女渾身の一発ギャグ（？）のおかげで、キャロドラゴラはこちらに走ってきた。

えっと、ヒバリは身体を張って、俺のほうへキャロドラゴラを誘導した……でいいんだよな？

唖然としていても頼りになるリグ先生。すぐに糸でキャロドラゴラを捕まえ、いい感じに引き寄せてくれたのでキャッチ。

ジタバタ暴れるそれを麻袋に入れていると、ヒバリが満面の笑みを浮かべ、小麦を引き連れ俺のほうへ近づいてきた。

ミィではないけれど、尻尾があったらブンブン振っているんだろうな、と容易(ようい)に想像できる我が妹。突拍子(とっぴょうし)もない行動だが、彼女は彼女なりに真剣に考えて行動したんだ。

「えへへ～、どうだった？　キャロドラゴラ引っこ抜きながら考えたんだ」

「うん。向上心が、あって、大変、よろしい」

片手に麻袋とリグを抱え直し、ヒバリの頭を撫でながら答えると、彼女は照れたようにはにかんだ。俺の言葉が途切(とぎ)れ途切れになってしまうのはご愛敬だけども。

視線を下に向けると、ヒバリと同じく目をキラキラさせた小麦が、期待した表情で見つめていたので撫でておく。

「んじゃ、俺は行くから。あまり無茶なことはするんじゃないぞ」

「分かってるって。ツグ兄ぃも気をつけてね。危険はないかもだけど、ほら、ヒロインだし？」

「なんじゃそら」

キャロドラゴラが近くにいないので、そろそろ次の場所に行かないと。それを言うとむふふ、と楽しそうに笑うヒバリ。

苦笑した俺はとりあえず軽くデコピンし、それでも嬉しそうな彼女のところを後にした。

「次は、ルリかシノだな」

(・w・*)

「シュッシュシュ～」

「っと、その前に体当たりしてるキャロドラゴラ発見。リグ隊長、お願いします」

(*>w<)

「シュッ！」

あたりをキョロキョロ見渡してルリとシノを探しつつ、リグに問いかけると元気よく返事をしてくれた。

視線の先には、俺達が近づくのも気にせず柵に体当たりを続けるキャロドラゴラ。

目線を合わせてニッコリ笑いながら頼むと、リグは気合いを入れるように一鳴きして糸を吐き出した。あとは俺の手に収まってくるキャロドラゴラを麻袋に詰めるだけ。

さっさと終わらせてルリとシノを探そう。

「お、一緒にいた。調子はどうだ、おふたりさん」

俺から見えたのは、横を向いたシノとルリの後ろ姿。

シノはあたりに散らばったキャロドラゴラの葉をせっせと麻袋に詰めており、ルリは一心不乱にキャロドラゴラを引っこ抜いては放って、を繰り返している。

先に気づいたのはルリではなくシノで、俺に顔を向けるとやる気のない気怠げな目をしていた。だが、話す気力はあるようで口を開く。

「……見ての通りです。ルリ、草抜きが楽しいみたいです。あとのこと、考えなしだけど」

「ははっ、妹の暴走は全国のお兄ちゃんの悩みだからなぁ」

「……えぇ、全くです」

会話に大事なのは、やっぱり共通の話題だな。まぁ大事なことのひとつってだけで、誰でも話せるようになるとは限らないけど。

お兄ちゃん談義に花を咲かせていると、ようやく気づいたのかルリが話しかけてきた。

「あ、ツグミ。どうしたの？」

「どうしたってことはないけど、強いて言うなら、見回りつつリグにキャロドラゴラを捕まえてもら……って、メイは？」

「え!?　さっ、さっきまでいたんだけど」

そういえば、メイはルリと一緒にいるはずじゃ……。

話をいったん止めて、周りをキョロキョロと見回す俺。あまり心配はいらないとしても、姿が見えないと不安になるからな。

ルリとシノも一緒に探してくれた。少し経つとルリが「あっ！」と声を上げる。

視線を向けると、黒金の大鉄槌を担いでキャロドラゴラを追いかけるメイの姿が。

「……な、何やってるんだ？」

「う、う～ん。捕まえたい、のかしら？」

軽（かろ）やかに走り回るキャロドラゴラと、それを必死に追うメイ……面白いので放っておくことにしよう。

とりあえずこれで皆がどうしているのか分かった。

俺とリグも、キャロドラゴラを捕まえるのに本腰を入れないといけないかも。

そう考えながら、ルリとシノに振り返る。

「ま、まぁ、あれはあれでいいとして、俺達も本腰入れてキャロドラゴラ捕まえるよ」

「ええ、分かったわ。こっちも頑張っていっぱい引き抜いとく！」

「……」

それはもう、とてもいい笑顔でルリが言い放った。だけどそれを見たシノが、また感情の消えた目をしてしまう。

俺にはどうしようもないから「じゃっ！」とリグを抱き直し、そそくさと去る。達者でな。

明らかに柵に体当たりするキャロドラゴラが増えてきた。ウジャウジャしてきたから、ちょっと頑張って捕獲しないと間に合いそうにないぞ。

皆と別れてから、あっちへ行ったりこっちへ行ったり。キャロドラゴラを捕まえては麻袋に入れ、また捕まえての繰り返し。

本当、リグには世話になりっぱなしだから、あとでお礼を考えないと。

拾っては詰めてを繰り返していたら、いつの間にか太陽が真上まで来ていた。

ピーターさんが言うには休憩なども勝手にしていいとのことなので、そろそろ昼食にしようと思う。意外と俺も動いたから、満腹度や給水度ゲージの減りが早い。

大雑把にあたりを見渡し、捕まえてないキャロドラゴラがいないことを確認。

「さぁて、あらかたキャロドラゴラも回収したし、お待ちかねの昼食タイムと洒落込むか」

(｀・w・´)
「シュッシュシュ～」

麻袋をインベントリにしまいつつ言うと、リグも嬉しそうに身体を軽く揺すった。仕草が可愛すぎる……と思うぞ。

皆がまた、ひたすらキャロドラゴラを引っこ抜く作業に入る前に、早く昼食にしようと伝えなければ。

あ、いや、そうだ！　まだ数回しか使ったことないけど、ＰＴチャットとやらを使えば無駄な労力を使わなくてすむ。ええと、まずウインドウを開いて……。

俺がウインドウを開いた瞬間、聞き慣れたような、久しぶりのようなピコンッという可愛らしい音が鳴った。そして画面の端にメッセージが届く。

思っていることは皆一緒というか、さすがというか、話が早いというか。

「ヒタキが皆のこと集めてくれたから、俺達も行こうか。荷台のところにいるって」

(＊＞w＜)
「シュ、シュ～ッ」

ヒタキからのメッセージはたった一言、「昼食集合せよ。荷台の場所」。

ルリ達にはなんのこっちゃ分からないんじゃないかと心配もしたけど、見る限り大丈夫らしい。

昼食を食べるにしても食料は俺が持っているので、彼女達が先に着いても食べ物にはありつけない。早く行かないと可哀想だ。

圧倒的に出だしの遅い俺が最初に着くことはないけど、心持ち早めにな。

「いっぱいはったらいたぁ～ら、ごっはんがとぉ～っても、とぉってもおいし～い、よっ♪」

集合場所が近くなってくると、音程の外れたヒバリの歌が聞こえてきた。今日も絶好調のようだ。

最後の「よっ」のときに俺がたどり着き、ヒバリ以外の皆から視線を一気に受けて少したじろいでしまった。分かってはいたんだけど、ちょっとタイミング良すぎ。

「遅くなった。インベントリにある麻袋を荷台に積んで、昼食を食べよう」

「ん、食べよ食べよ」

気を取り直して軽く謝り、まずは報告がてら、インベントリの整頓とその次の行動を提案した。

簡単なことでも口に出せばやる気とか少しは違うから、とりあえず言っておくことをオススメしとくぞ。

昼食と口にした途端、どこか緩んだ空気に思わず笑みをこぼし、俺は楽しそうなヒタキの言葉を聞きながら柵を跨ぐ。

これを軽々と飛び越えたら格好いいんだろうなぁ。失敗する未来しか見えないから、博打はしないけど。

そして荷台にどんどん麻袋を積んでいく。

あ、分かりやすいように、葉の部分と根の部分は少し離して積んでおいた。俺達が収穫する量によっては混ざってしまうかもしれないけど。

まぁ、そこはピーターさんに頑張ってもらおう。


「とりあえず、こっちは全部積み終わったよぉ～」

「俺のほうもこれで終わった、っと」

「それは、つまり……？」

「あぁ、今からお楽しみの昼食ってわけだな」

葉と根が詰まった麻袋に最初から分かれていたので、すぐに積み終えることができた。

ヒバリが声をかけてきたころには俺も積み終えており、ホッと一息。

そして期待されたからには、俺としても応えないわけにはいかない。

そわそわしている3人と4匹は置いておき、俺はインベントリを開いて必要なものを取り出した。

汚れないと分かっていても、レジャーシート代わりに布を敷かないと落ち着かないからな。

あってよかった汚れてもいい布。是非とも一家に一枚。

「場所はここでいいとして、この布と、これと、あとは……。まぁいいや、とりあえず手伝いよろしく」

「ん、あいあいさ」

比較的落ち着いているヒタキが近づいてきてくれたので布を渡し、気の抜けそうな返事を聞きながら、料理がたくさん入っている籠を取り出す。

まとめられるものはまとめているから、一見なにが入っているのか分からない。

「……これはパン系だな」

入っているものが分からなかったら、開けて見ればいいのでこれも放っておこう。

今にも涎を垂らしてお腹を鳴らしそうな３人とペット達のためにも、ササッと出そうか。

あ、唯一平気そうに見えたヒタキも、よく見るとそわそわしている。

昼食を並べ終えたら円を描くように座り、良い天気とも相まって気分は一気にピクニック。

皿も箸も飲み物も、配り忘れがないことを確認して、手を合わせいただきます。

何度も繰り返すけど、あとでシノにクッキーとか渡さないと。ルリの分も含めて多めに。

リグを膝の上に乗せ、パンを一口サイズに千切ってはリグの口に放り、俺の口にも放り込む。手頃なものを皿に移してはメイの前に置き、俺の皿にも取って一口食べる。

……これ、パターン化してるな。

「むぐっ、もうひと頑張りしたら、ピーターさん呼んできたほうが良いかもしれないね」

のんびりとした昼食を楽しんでいるかと思っていたら、ちゃんと考えていたらしい。

ヒバリが口の中に詰め込んだ食べ物を呑み込み、満面の笑みで俺に話しかけてくる。口の端にはしっかり食べかすをつけていたが。

インベントリから清潔(せいけつ)な布を出してヒバリの口端を拭い、綺麗になったところで俺も満足。

ヒバリの問いに「そうだな」と答え、結構収穫できたキャロドラゴラに思いを馳(は)せた。

「ふぐっ、んぐっ、んんんぐっぐ、んんんぐっ！」

「……はぁ、だからあれだけ口に詰め込むなと」

「ん～っ、んんんっ、わ、分かって、んん」

ルリとシノのやり取りを見つつ、サッと飲み物を注いでシノ経由でルリに渡す。ゲームだから大丈夫だとしても、窒息(ちっそく)は洒落にならないからな。

あれ、いつかの俺とヒバリを見ているような感じが……。

皿に取り分けた料理を食べ終わって、催促(さいそく)してきたリグの背中を撫で、次の食べ物を載せてやる。

「……ん？　どうし――」

「次は、クリームコロッケ系が食べたいです」

「……」

「特に、コーンクリームコロッケが食べたいです」

なんだかシノとガッツリ目が合ったので、どうしたのか問いかけようとすると、言い終えるより先にシノが口を開いた。

呆気に取られて何も言えないでいると、より詳しい注文をされた。

「じゃあ、ログアウトする前に料理して作ろうか」

「はい」

珍しく真面目な表情のシノと約束する。クリームコロッケなら手持ちの材料でも簡単に作れるし、リクエストを断るのは気が引けたからな。

結局、大量に広げられた食べ物の半分くらいは胃に収めたんじゃないか？　作り手としても嬉しい限りだ。

さて満足したらもう一仕事。午前中と同じような作業になってしまうかもしれないけど、楽しいから問題なし。

パパッと昼食の後始末をして、収穫を再開するため柵の中へ。

午前中にたくさん引っこ抜いたと思ったんだけど、元の量が多すぎて減った気がしない。
まぁよく見ると、最初のよりは少なくなった気がしないでも……。
考えていても仕方ないから、麻袋を補充してリグと歩き回ろう。

(＊＞ェ＜)

「めめっ、めぇめっ」

「ん？　どうしたメイ、なにか気になることでも……」

(｀・ェ・´)

「めめめっめ！」

麻袋をインベントリにしまっていると、本来ならルリと一緒にいるはずのメイがいた。
ぴょんぴょん飛び跳ねて訴えてくるので、腕に抱いていたリグを頭に乗せ、メイの目線の高さに屈んで問いかけた。
するとメイは胸のモフモフから勢いよく黒金の大鉄槌を取り出し、リグを掠めて振り回した。
俺は思わず「うぉっ」と声を出してしまう。仲間同士の攻撃は無効化されるといっても、近くで武器を振られると驚く。

「メイ、武器を振り回すのは……」

(＊＞ェ＜＊

「めめっ！　めぇめっ！」

「え？　んんっ!?」

怒るつもりはないけれど、たしなめるつもりで口を開くと、メイは黒金の大鉄槌を肩に担いでキャロドラゴラの元へ向かう。そして大鉄槌を振り上げ、いつものように振り下ろした。

力を加減したのかそこまでの轟音ではなかったが、地面がグラッと揺れた気がする。

そして俺は驚かされた。

メイの大鉄槌に揺らされたキャロドラゴラが、なんと一斉に地面から飛び出してきたのだ。

散っていくキャロドラゴラ達を呆けながら見送り、俺はぼんやりとした頭で考える。

この物理でなんでも解決しようとするの、美紗ちゃんっぽくて俺は好きなんだけど……あとでお話しないと、な。

「ツグ兄、今、キャロドラゴラが……あ、把握」

察知能力が高く察し能力も高いほうの妹、ヒタキが異常を察知して駆けつけてくれる。

ぼんやりしている俺と黒金の大鉄槌を担いだメイを見て、すぐさま理解したもよう。メイの周りだけキャロドラゴラが生えていないので、一目瞭然だけどな。

「ん、とりあえず出てきたキャロドラゴラ捕まえにいかないと……ね」

「そ、そうだな」

とりあえずリグを抱き直してヒタキの言葉に頷く。

しょんぼりするメイに、着眼点は良かったよと声をかけたら、散っていったキャロドラゴラの収穫に出よう。

あ、そういえば、これならキャロドラゴラの葉と根が切り離されず捕まえられるんだけど、価値が上がったりするのだろうか？　付加価値みたいな。まぁ、そこまで気にしなくても良いか。

「キャロドラゴラ、ツグ兄のほうに追い込む。だから、良い感じによろしく。ヒバリちゃん、ルリちゃん達にも言っておく。任せて」

「あぁ、ありがとう。頑張って捕まえるよ」

　ヒタキは右回りに進んでいき、俺は左回りに進んでキャロドラゴラを捕まえる。

　一番頑張るのはリグかもしれないけど、落ち込んでいたメイも復活してやる気を見せてくれているので、俺も俺なりに精一杯頑張ろう。

　新たな決意を胸に刻み、歩き出す俺達。

　早速見つけたキャロドラゴラをリグに捕まえてもらう。

　これはもう、収穫じゃなくて捕獲だよな。

　リグを頭に乗せてインベントリから麻袋を取り出し、袋の口を広げると、いい感じにリグがキャロドラゴラを入れてくれた。おぉ、ナイスシュート。


(*・w・*)

「シュシュッ」

(\`・ェ・)b
「めぇめっ、めめめっ！」

　リグが得意げな鳴き声を上げて身体を嬉しそうに揺らすと、メイが短い手を一生懸命動かしパチパチ拍手をした。

　俺も拍手に便乗したかったけど、手が塞がっているから無理だ。メイ、俺の分も拍手しておいてくれ。

「リグ、メイ、この調子でどんどん捕まえよう」

(＊>w<)

「シュシュッ、シュ～！」

(＊>ェ<)

「めめっ！」

っと、遊んでる場合じゃなかったな。片手でモゾモゾ動く麻袋を持ち、片手でメイと手を繋ぎ歩いていく。

リグには俺の頭上にいてもらおう。ここが何かと便利なので。

柵伝いに歩いていくと、稀に俺達のほうに向かってくるやつもいた。

すぐリグに捕獲され麻袋にご案内されるんだけど、これはきっとヒタキのテクニックで誘導されたやつだよな？

まぁヒタキが皆にも伝えておくと言っていたし、皆でやってるかもしれない。もう少し経ったら連絡を取り合って、残りのキャロドラゴラを確認しないと。

地上に出たキャロドラゴラは、時間が経ったらまた土の中に戻ったりするんだろうか？ それとも収穫するまでずっと走り続けるのか？ わ、分からん。

グルグル考えていても仕方ない。気分を変えるべく視線を巡らせると、集団で柵に体当たりしているキャロドラゴラがいたので、リグに教えてやる。

「あ、あっちにも集団でいるな」

「シュッ」

足は速いけど学習能力がなくて助かるな、うん。

リグが短く鳴き、素早く糸を吐いてキャロドラゴラを捕まえにいく。

太めに吐かれた糸はある程度の距離に迫ると細く分かれ、気づかれる前にキャロドラゴラ達を一本釣りにしていく。

メイの手を離し麻袋を広げると、リグがその中にどんどん入れてくれた。

「よっし、大量大量。ってか、リグのＭＰ大丈夫か？　あ、結構減ってるな」


「シュ～」

俺もなんとなくホクホクしていたけど、ちょっとリグのＭＰが気になって確認。今ので3分の2も消費していたので、俺は慌ててリグへ【ＭＰ譲渡】。

「うーん、リグみたいな子にも装備品とか付けられるんだろうか？　う、うーん」

いや、こういうのはヒバリやヒタキに相談したほうがいいか。ミィも詳しそうだからな。

動きの止まった俺を心配そうに見ている2匹に「なんでもないよ」と笑いかけ、メイの手を握って歩き出す。

いっぱいになった麻袋は口を縛ってインベントリに入れたし、リグも頭に乗せた。

リグのMP問題は当面、俺がちょくちょくゲージを確認すれば大丈夫だろう。なんせ俺は自称MPタンクだからな。

ヒタキに出会うまで、今までと同じような捕獲の繰り返し。

リグにずっと頑張ってもらってるのにあれだけど、なんだかお散歩といっても過言じゃなかったよ。

後ろからヒタキに近づくと、すぐに気づかれることはなく、少し驚いた様子で振り返った。

「……ん、ツグ兄？」

「残念なお知らせだが、キャロドラゴラがまだ残ってる。ちょっと手伝ってもらわないといけないかも」

無理なものは素直に申告しよう。そのほうが解決が早いからな。

メイがキャロドラゴラを土から解き放って、リグが糸でキャロドラゴラを回収する。これは自給自足……？　いや、なんでもない。気にしちゃいけない。いけないったらいけない。

まだちょっぴり落ち込んでいるメイの目線まで屈んだヒタキが、優しくメイの頭を撫でつつ、俺に顔を向けて微かに笑う。


「メイのおかげで一本ずつ引っこ抜かなくてもいい、振動で傷つけず抜けるって分かった。キャロドラゴラを抜くのはメイに任せて、私達は収穫に専念。そうしたらいっぱいでウハウハ」

「それが一番いいだろうな。よし、ちょっと作戦会議するか。一見すると簡単なことでも、口にして確認するのは大事なことだ」

「ん、諸々のすり合わせ。共有は大事」


リグの糸を逃れ柵に突進し続けているキャロドラゴラや、今後もメイによって強制的に抜かれるキャロドラゴラを収穫するために、俺とヒタキは額(ひたい)を寄せて計画を練る。

ついでに、リグのＭＰ管理について何か良い案はないかと聞いてみた。

ヒタキは少し考えた素振(そぶ)りを見せ、「……保留で」と答えてくれた。

うん、忙しいのにごめんな。

「やっぱりツグ兄に動かないでもらって、私達が追い込むって言うのが一番……かも？」

「まぁそりゃ、俺は運動が苦手だからそうなるよな。作戦はシンプル且つ大胆、俺が隅で待ち構えるから、ヒタキ達が横一列になってジリジリこちらに来る。あ、まず最初はメイが地面を叩いてからか」

「ん、ヒバリちゃんも覚えやすくていい。そんな感じで」

聞かれても問題ないというのに、なぜか俺とヒタキはコソコソと話しながら作戦を練った。

このほうが雰囲気が出るけど、端から見たら面白おかしな絵になっているに違いない。

至極簡単な作戦だが、決まってしまえばこちらのものだ。顔を寄せていた俺とヒタキは、気にしないけど。

それぞれの役割を実行していく。

「今から大量収穫祭の作戦を伝える。耳の穴かっぽじってよく聞いて」

ヒタキ先生は俺以外の皆に連絡するため、ウインドウを開いて、何かの真似っぽく勇ましい言葉を書き連ね、俺は失ったＭＰの回復に勤しむ。

あとはメイに、気合いを入れるのはいいけど指示にきちんと従うよう言い含めるくらいか。

ハシャぎすぎはＰＴの崩壊を招くかもしれない。死なないとしても、倒されるのは見たくないから口を酸っぱくして言うぞ。

いつもより饒舌に指示を出し終えたヒタキがこちらを向いたので、俺は恒例となりつつあるグッジョブポーズで、準備は出来ていると伝えた。

大した作戦でもないので俺は待つだけ。皆の健闘を祈ろう。

「さてさて、俺達はいつキャロドラゴラが来てもいいように目を凝らすぞ」

「シュシュッ！」

(｀・w・)

メイはヒタキと一緒に行ってしまったので、ここにいるのは俺とリグだけだ。

俺達が待っているのは近くに木造の小屋が見える場所。

ここに向かって時計回りで、ヒタキ達がキャロドラゴラを追いつめる手はずになっている。

ヒタキ達が行動を起こすまで、俺達は手持ちぶさただ。リグと話してもっと親交を深めてもいいけど、チラチラ視界に入るキャロドラゴラが気になって仕方がない。

「目に付くキャロドラゴラ、捕まえておくか。リグ頼めるか？」

(＊・w・)b
「シュシュッ！」

今の今まで頭に乗せっぱなしだったリグを腕に抱き、鬣（たてがみ）のような首のモフモフを撫でながら言うと、リグは元気良く承諾してくれる。

そしてすぐ視界内にいるキャロドラゴラを糸で捕まえてくれ、俺はいい感じに飛んで来るキャロドラゴラを麻袋でキャッチ。

そんなこんなしているうちに視界に見えるキャロドラゴラはいなくなり、俺とリグは大満足。まだ始まってないのにな。

少し経つと聞き慣れた音と共に、出しっぱなしだったウインドウの上端が光る。

これはヒタキからの音声チャットで、もたつきながらポチッと光る部分を押す。あと何回かやれば慣れるはず。

音声チャットを開くと、すぐにヒタキの声が聞こえた。

「こちらヒタキ隊員。ツグ兄隊員、準備はよろしいか？　こちらは準備もやる気も万端」

「こちらツグミ。こちらも準備万端。いつでも構わないよ」

「ん、大収穫祭の始まり始まり」

ヒタキが微かに笑った気配と共に、大きな声で告げた。

しばらくは俺達のほうに来ないと分かっているけど、気構えだけでもしておかないとなぁ。

俺とヒタキは互いに健闘を祈ると伝え、音声チャットを切った。

メイもさすがに、黒金の大鉄槌を力の限り振るうなんてことはないだろうし、安心してもいいと思う。多分。とりあえず、待ちの一手だな。

「今日のMVPはリグだな。本当にありがとう」

(＊＞w＜＊)

「シュシュ～ッ！」

今日は本当に良く働いてくれているので、労るように背中を撫でて言うと、リグは嬉しそうに身体を震わせた。

ログアウト前の料理、リグの好物である唐揚げもいっぱい作ってあげよう。

(｀・ω・´)

「シュシュッ！　シュッ！」

「ん？　あ、そろそろか」

ほっこりした時間もリグの鋭さを含んだ声で終了だ。

主夫の俺は色々と鈍いので、仕方ないと思ってもらおう。ゲームも最近までやってなかったし。

それからすぐ、遠目にキャロドラゴラの群れが見えてきた。

いや、群れと呼ぶにはちょっと数が多いかもしれない。でも大群と言うにはちょっと少な……細かいことはいいや。

さすがに俺の想像以上だったので、麻袋の準備をしておこう。

ありがたいことに準備時間はたっぷりある。あっちへ行ったりこっちへ行ったりしていて、真っ直ぐ来ているわけではないから到着が遅めなのだ。

「リグ、俺は麻袋の準備とかするから下ろすぞ」

(｀・ω・)b

「シュッ」

俺も抱っこしていたいのだが、仕方がないのでリグには地面に下りてもらう。そしてインベントリから麻袋を取り出した。

「ずっとやってたから手順は分かるな？　蜘蛛の糸でキャロドラゴラ捕まえて、俺が用意した麻袋に入れるんだぞ」

(>w<＊)

「シュシュ～ッ」

リグへの説明も済ませ、準備万端でキャロドラゴラを迎え撃……撃っちゃダメか。

触っていないとスキル【ＭＰ譲渡】ができないので、リグを腕にくっつける。ピョンピョンして楽しそうだ。

そんなこんなをしていたら、随分とキャロドラゴラが迫っていた。

何も知らず向かってきたキャロドラゴラが踵を返す前に捕まえなくては。

「リグ出番だ。頑張って捕まえるぞ！」

(＊≧w≦)

「シュシュ、シュ～ッ！」

腕にくっついているリグに声をかけると、リグも元気に一鳴きしてくれた。

そして本当に素早く糸を吐き出し、キャロドラゴラが気づく前に捕まえ、俺の持っている麻袋の中へナイスシュート。

　しばらく入れ食い状態で捕まえていると、ヒタキ達が近づいてくるのが見えた。

　向こうからも俺達のことが見えるのか、ヒバリが飛び跳ねて手を大きく振っている。走り寄ってこないところを見るに、まだキャロドラゴラがいるんだろうか？

(｀>w<)

「シュシュッ、シュ～ッ！」

　満タンの麻袋をインベントリにしまい、続けてリグが捕まえるキャロドラゴラを新しい麻袋の中へ。

　そんな流れ作業をしていたら、リグが鳴くのであたりをキョロキョロ見渡すと、左右からキャロドラゴラが砂煙（すなけむり）を上げて走ってきた。

　あらかた捕まえたから大した量ではないんだけど、さすがに驚かないのは無理ってもんだ。俺のギョッとした誰にも表情は見られていないので、威厳（いげん）は保たれた。

　麻袋を片手で持ち、リグの背中に触って失われたＭＰを補充する。

「キャロドラゴラが俺達に気づく前に、パパッと捕まえちゃうぞ」

(｀・w・)b

「シュッ！」

リグに話しかけると、準備万端だと言わんばかりに短く鳴いた。

気合い十分なリグの行動は素早く、キャロドラゴラが俺の持った麻袋に入るのは、本当にあっという間だった。

リグの素早い行動について行くのがやっとの俺は、嬉しそうに鳴くリグの鳴き声で収穫祭が終わったことを知る。それだけつらく長い戦いだったね、ということでご容赦(ようしゃ)願おう。

まぁヒタキと話して役割分担したから、そんなに大変じゃなかったけど。

「んー……。こんなものかねぇ」
「共同作業っぽくてすごい楽しかったよぉ～！」
「そりゃよかった」

リグがキャロドラゴラを捕まえ終えると、ヒバリ達にも手伝ってもらう。

主に、麻袋の口をキツく縛ってキャロドラゴラが大人しくなったのを確認し、インベントリにしまう作業だ。結構な重労働だったので、終わったら一息……。

「じゃあ私、ピーターさん呼んでくるね！」

「ん、お願い。こっちは荷台作業しとく」

あ、一息つけなかった。でも俺だってノリノリだったし最後まで頑張らせてもらおうじゃないか。

ルリが依頼人のピーターさんを呼んでくるまでの間、荷台に種類ごとの麻袋を並べたり、皆にお菓子をあげたりした。

ピーターさんを連れたルリが帰ってきたら、彼女にもお菓子を渡す。いないからいいや、は可哀想だからダメだぞ。

俺達が集めた量を見て驚くピーターさんだったが、すぐさま気を取り直して口を開く。

『申し訳ないが、こんなに収穫してくれるとは思ってなかった。これでしばらく在庫は持ちそうだな。時間も時間だし、麻袋ひとつの計算で……』

おぉ。喜んでもらえると、やった甲斐があるというもの。それがたとえ仕事だとしてもな。

熱心に麻袋の中身を数えているピーターさんを待ちつつ、俺は空を見上げる。

さっきまであんなに明るかった空が、もう陰ってきている。ルリが呼ばなくても、そろそろピーターさんが来るかもってくらい。

　すると突然ピーターさんが大きな声で『あっ！』と声を上げた。慌ててそちらを向くと、彼は小刻みに震えていた。ん？　なんだなんだ。

　こちらの視線には目もくれず、キツめに縛った麻袋から１本のキャロドラゴラを逃げないようそっと取り出す。あ、葉つきキャロドラゴラだ。

　ピーターさんは興奮したように俺の元へ来て、矢継ぎ早にまくし立て、諸々の用意をするからと走り去った。


「葉つきが珍しいのか……。いや、まぁ、いいか」


　悪い癖だとは思うけども、面倒なことになったら思考が停止してしまう。

　鼻息の荒いピーターさんが帰ってきたのは、結構薄暗くなってきた頃だった。

　俺達のことを忘れたわけではなく、上の人達と大事なお話をしてきたらしい。その手にはきちんとクエストの完了札も握られている。

『それで、現物支給とのことですが……。葉つきのキャロドラゴラが１袋、葉なしのキャロドラゴラが２袋、葉だけのキャロドラゴラが２袋でいかがでしょうか？』

「あ、はい。それだけいただければ十分です」

『葉つきのキャロドラゴラは価値が高く、様々な用途に使えますので……ん？』

お金より、食材や調合素材としてキャロドラゴラが欲しいからな。あ、でもお金も大事。キャロドラゴラを食べるのは皆だけど、使ったり料理したりするのは俺なので、もらう量を決めたりする裁量権は俺のもの。

そしてプロであるピーターさんが値段を決めたのだから、俺が口出しするのはいただけない。

『え？　あ、あの、提示した条件でいいんですか？』

「はい。交渉成立、ですね」

『……は、はい。交渉成立です』

キョトンとした表情で問いかけるピーターさんに、俺は笑顔で頷いてみせた。こういう交渉事ではゴネる人が多いのかもしれない。そんなこと俺はしないけどな。

あっけらかんとした俺の表情を見て、次第に冷静さを取り戻したピーターさん。

こうして俺は大量の、人参のようなマンドラゴラのような、よく分からないものを大量にゲットした。

使い方についてはヒタキ先生に聞くとして、完全に暗くなる前に王都にたどり着かなくては。

ピーターさんと一緒に、木造の小屋にキャロドラゴラをしまったらここで別れ、俺達は王都へダッシュ。

たとえ夜にも戦闘ができるくらい強くなったとしても、何があるか分からないからな。お兄ちゃんは心配性なのさ。

全力だと俺がついていけないのでそれなりの早さで妹達がダッシュし、夜の魔物が出てくる直前にたどり着くことができた。

王都の門をくぐると、皆の邪魔にならないよう、脇のほうにそれてからヒバリがしゃべる。

「う～ん、とりあえずギルドに報告して、それからもう寝るか、どうするか決めよっか」

「ん、それがいい」

ヒタキが軽く頷き、ルリちゃん達も賛成したので皆を連れてゾロゾロ。

他の冒険者とは時間がズレたのか、ギルドは思った以上に空(す)いていた。

待たされることなくスムーズにクエスト完了の手続きを終えると、飲食スペースで一息。

【葉つきキャロドラゴラ】
新鮮な葉つきキャロドラゴラ。ついでに泥つき。栄養満点な野菜でもあり、魔力をたっぷり含んだ錬金合成素材でもある。葉つきは特別な収穫方法なため、少し割高で取り引きされる。

ギルドの飲食スペースでキャロドラゴラのアイテム説明を読む俺。双子とルリは簡単な食べ物を販売している場所で楽しそうに選んでいる。

んで、シノはぼんやり椅子に座って意識を彼方に飛ばしていた。

妹達は俺の分やリグ達の分も買ってきてくれたので、ワイワイ飲んだり食べたり。うるさくならない程度に。

飲食が終わると、ずっと黙っていたシノが口を開く。

「……夜なんだから寝ましょ」

まぁ、そりゃそうだな。ということで俺達は宿屋を目指し、ギルドを出て大通りに向かう。HPMPが満タンで寝る必要がないとしても、ベッドでおしゃべりすればいい話だからな。

5人、もしくは大人数用の部屋は空いてるかな。

王都の宿屋は、それはそれはたくさんあるので、ヒタキ先生に頼る他ない。
まぁ目につく場所にはどこにでもある、ってくらいに多いから、泊まるだけなら苦労はしないはず。好みかは別として。

「今日はここ。しんぷるいずべすと。泊まるだけ」

ヒタキ先生の入念な下調べにより、迷うことなく今晩泊まる宿屋にたどり着く。ヒタキのグッジョブポーズを見て、俺は宿屋に目を向けた。

確かにシンプルイズベストだ。
由緒正しい宿屋というか、いらない機能は徹底的に排除というか、カプセルホテルみたいな感じだろうか？　入りにくい雰囲気ではないので、さっさと部屋をとってしまおう。

「すみませ～ん、５人部屋空いてますか～？」

ヒバリが先頭になって中に入り、パパッと素早く交渉してくれた。お金を払うのは俺の役目だが、このコミュニケーション能力は大事にしてもらいたい。
食堂はないようなので自室で食べるか、街に繰り出して食べるしかない。俺達は自室で食べることになるんだが、だから少し安めだったのか。

とりあえず部屋の鍵を受け取ったので、部屋に入ってしまおう。

最低限の装飾が施(ほどこ)された室内は質素に見えるけど、機能重視といった具合で過ごしやすそうだ。


「私達は真ん中のベッドをくっつけて寝て、ツグ兄ぃ達は両端！　ツグ兄ぃ、シノさんと一緒に寝るのはもっと仲良くなってからね！」

「……お、おぅ」


ヒバリの言い放った言葉の意図が掴めず、思わず俺は雑な返事をする。

だがそれでもいいらしく、気にしていないヒバリは軽く何度か頷き、ヒタキとルリと一緒にベッドの移動を始めた。

ヒバリが部屋をとる際、ちゃんと元の場所へ戻すことを条件に、ベッドの移動許可も得ていたので、俺も安心して見ていられる。

気分的な問題でしかないけど、リグ達の足を拭いて俺のベッドへ乗せた。後々ヒバリ達がリグ達を自分のほうへ誘うのだろうけど。ちょっとした対策、だな。

俺は近くにいたヒタキに話しかける。

「そうだ。俺はＭＰも消費してるし、寝ちゃうけど構わないか？」

「ん、任せて。ツグ兄が起きるまで部屋から出ない。出させない。リグは寝てるから、メイ、小桜、小麦おいで」

「ん？　あ、本当だ。じゃあ、ヒタキ頼んだぞ」

たくさんＭＰポーションを持ってはいるけど、宿屋に泊まるなら寝て回復しておきたい。そんな、節約を旨とする主夫心が発動した。

心強いヒタキの言葉にホッとし、寝ているリグ以外を彼女達に預け、俺はベッドに寝転がる。

もちろんシノも一番近いベッドにすぐ飛び込み、３秒で健やかな眠りに落ちたよ。

部屋に行ったら料理を摘まむ、っていうのはキャンセルになったのかね。皆きっと忘れているんだろうけど、寝てしまおう。

◆　◆　◆

すっきりしゃっきり起きた俺の目に飛び込んできた光景は、窓の外から優しく降り注ぐ朝の日差しだった。

推測するにまだ日が昇ったばかり。

よっこいしょと心の中で呟き、窓のほうを向いていた身体の向きを変え、皆の姿を見る。


「……リグのアップ」


あぁそういえば、寝る前にリグを枕の横に置いたんだった。鼻提灯を作りながら寝ているリグの姿が間近に見え、一瞬固まってしまうもなんとか気を取り直す。

これは起き上がれということだな、と上半身を起こすと、想像通りの光景が目に入った。

俺以外は寝ている、現場からは以上です。

そっとベッドを抜け出し、備え付けのテーブルに軽食を用意しておく。用意といってもインベントリから取り出すだけだが。


(・w・?)

「シュ〜、シュ？」

「あ、起きたか」

(・ェ・?)

「め？　めぇめ、めめ？」

(*>ω<)

「にゃんにゃ」

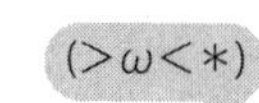

「にゃにゃん」

軽食の準備が出来たとウインドウを消したら、ペット達が次々と起き出してきた。

ご飯の匂いに釣られたと言っても良いかもしれないな。

準備が出来たからリグ達にヒバリ達を……って、時間で起きるんだったな。危ない危ない。

さすがに1日中ずっと寝ていることはないだろうし、ヒバリ達が起きるまで待つのも可哀想なので、先にリグ達に軽食を食べさせる。

ずっと付きっきりで食べさせるのなんて、久々かもしれない。仲を深めるためにも、たまにはこういう機会を設(もう)けたほうがいいかもな。

そんなこんなしていたら皆が起き出し、俺が用意していた軽食に視線を送った。

だがその前に顔を洗うように告げる。システム上は汚れないと言っても、頭をスッキリさせるためにね。

戻ってきたヒバリ達に俺は尋ねてみる。

「今日の朝ご飯はパンとスープ。とは言っても総菜(そうざい)が挟んであったり、具だくさんスープだからボリューム満点。どうかな？」

「たくさん食べられてヒバリさんも思わずニッコリ。ってか、夜食べるの忘れた……。腹

「ぺこヒバリさん一生の不覚！」

満面の笑みを浮かべて叫ぶヒバリ。うん、食事大好きだもんな。量はあるからたんとお食べ。

「どーどー。皆忘れた。気にしない」

がるるる、と謎の威嚇行動を取り始めたヒバリを慣れた手つきでヒタキが抑え、椅子に連れて行き座らせる。まぁうん、お任せしておこう。

少し遅れてやってきたルリとシノに「食べてて」と伝え、俺は満腹で転がっているリグ達を自分のベッドへ運ぶ。

昨日の夜もやったけど、踏み蹴り対策。やらずに後悔するなら、スキンシップも図れるのでやったほうがいい。

俺より素早く回避能力に長けている、というのは気づかなかったことにしておこう。

「ん、んま〜！　それで、今日の予定だけど……」

たくさん口に含んでしまうヒバリにしては珍しく、きちんと食べ物を呑み込んでからしゃべり出したな。

昨日たくさん相談したのだろうし、計画は大事なので、俺もスープを飲みつつ聞く態勢に。

ヒバリの言葉に続いたのはヒタキだった。

「予定はプチイベント。ゴブリンと愉快な仲間達」

「久々だよね、これ系イベント。ミィちゃんがいないのは残念だけど、今の私達がレベルアップするためにも参加しといたほうがいいと思う」

「ふむ、なるほどな。俺としても問題ないよ」

彼女達の言葉を聞き、俺は納得したように何度か頷く。あの時は始めたばかりでむしろ止める勢いだったけど、今ならゴブリン襲撃クエストをやっても良いかもしれない。

俺達が話している間、ルリとシノが何をしているのか気になって視線をそちらへ。

ルリは俺達を見ながら頷いていたが、ハムスターのように頬を食べ物で膨らませていた。

シノに至っては、全くと言って良いほどこちらを見ずにモリモリ食べていた。

ちなみにリグ達は、俺が使っていたベッドで二度寝。まぁ、声をかければ起きるんだろうけど。

そして軽食を食べ終わった俺達は、早速と言わんばかりに宿屋を後にする。

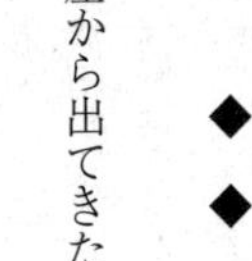

宿屋から出てきた俺達は、いつも通りの動きとしてまず噴水広場の隅にあるベンチに向かう。

ベンチが空いていることを確認し、腰を落ち着けて作戦タイム。

今の俺達なら大丈夫だろうけど、これがなきゃちょっと物足りない気分になるんだよな。

「よぉし、今日はゴブリン達の襲撃イベントをこなしたいと思います！　詳しくはこちら！」

「ばばん」

一度座ったヒバリが勢いよく立ち上がり、元気良く話し出したと思ったら、バトンタッチしてヒタキがウインドウを見せてくる。

そこには、以前見た文面と差異はあれど、ほとんど同じような内容が書かれていた。

【忍び寄るゴブリン達の討伐、Ａ～Ｆ】

近頃、繁殖期なのか、ゴブリンを様々な場所で見かけるようになりました。その中でも集団で群れているゴブリンを討伐していただきたい。群れにはキングと呼ばれるゴブリン、オーク、オーガ、トロルがいるとの情報もあり。

【参加資格】冒険者全員（１日１度のみ参加可能）

【死亡ペナルティー】ゲーム内時間で１時間ステータス半減、所持金１割消失。ＮＰＣは即時死亡となりますので気をつけてください。

【報酬】倒すキングによって変動。


途端、我らがメイ先生がルリの膝から飛び降りて俺のことをガン見した。行くことは決まっているので、是非とも落ち着いてほしい。

ゲームを始めたばかりのころにあったのは、緊急イベントみたいな感じだった。それがいつでもやれるクエストになったのか。回数制限はあるけど。

膝の上に乗せていたリグを頭上に移動させ、代わりにメイを膝に乗せた。

「ん～、ダンジョンでゴブリンもオークも倒せてるし、オーガキングあたりが私達にいいかも？」

「でも、ＰＴ組んでそんなに経ってないし、様子見でオーク、もいいかもしれない」

「仲間が少ないって思うなら、私が魔法で仲間出す。シャドウハウンド、わんわんお」

「「それだ！」」

メイを落ち着かせようと背中を撫でていたら、ヒバリ、ルリ、ヒタキが相談を始め、パッと決まってしまった。難易度は生死を分ける大事なものだからな。うん。

「で、強さはオークキング。いい？」

「「あっはい」」

真面目な目をしたヒタキに、ヒバリとルリが揃って返事をし、メイが俺の膝から飛び下りた。我らが戦闘狂のメイさんは、虎視眈々と準備をしていたらしい。

(*≧ェ≦)

「めめっ、めめめめめっ！」

そしてその場でピョンピョン飛び跳ねるメイ。知らない人が見たら可愛らしいと思うだろうけど、実際は戦闘の催促なんですよね。だが可愛い。

「はいはい、落ち着けメイ。ギルドで討伐クエストの受付するから移動するぞ」

皆を引き連れてギルドへ向かい、数分もかからずクエストの受付を済ませる。

場所は王都の外れにある平原で、特殊アイコンがあるのでそれに触れればすぐクエストが始まるらしい。

レベルによって変化するゴブリンの出現数は、１人当たり５～20匹。キングの出現数だけは、こちらの人数にかかわらず１匹と決まっている。

んで、俺達の戦闘方法はいつも通り。それが一番だとお兄ちゃんは思うよ。

変に作戦を練っても、直前だと対応できないこともあるし。だったらいつもの慣れた作戦のほうがいい。俺が見てもＰＴバランスは問題ないからね。

準備らしい準備はルリとシノに俺が作ったポーションを渡すだけだったので割愛し、サッと王都外れの平原へ。

特殊アイコンは、広い平原に行けばすぐ分かった。

よく見ないと表示されない頭上のアイコンと似ており、それの強調版って感じだな。絶対見つけてもらう！　ってくらいの存在感だから。

「HPもMPも満タンだし、ゲージも満タン。私達は準備万端だよ、ツグ兄ぃ達は？」
「え、ええと、大丈夫……だな」
「自分達も」

考え事をしていたら、ヒバリの問いかけに反応が遅れてしまった。ウインドウを出して確認し、リグ達を見渡して大丈夫だと答える。

やる気はないけどやってくれる代表のシノも、ウインドウを確認して手短に答えてくれた。

「じゃあツグ兄ぃ、ささっと触っちゃってくださいな！　いっそのことひと思いに！」

(＊＞ェ＜＊)

「めめっ、めぇめっ！」
「ははっ、なんじゃそりゃ」

ヒバリが強調表示されたアイコンを手のひらで示し、俺に早く触るよう身振りで促した。隣には、同じような格好で楽しそうな顔文字を飛ばすメイがおり、思わず笑ってしまう。早く触らないと我慢できそうにない子達ばかりなので、込み上げてくる感情を抑えつつアイコンにタッチしてみた。

「……お？」

　触った途端、周囲の空気を入れ替えるように一度だけ風が吹き抜け、その風を追いかけて、シャボン玉のような薄い膜が広がっていった。

　事前に教えてもらっていなかったら、狼狽えていたかもしれない。さすが最新技術の結晶。

　この場所は討伐クエストの真ん中だということも知っていたので、どんどん出現してきているゴブリン達に背を向け距離を取る。

　ある程度離れたら踵を返し、ゴブリン達の様子を見てみよう。俺は後衛なので本当に見るだけ。

　ゴブリンは見慣れた薄汚れた姿をしており、武器は木の棒や石を持っていたりする。

　あまり驚異ではなさそうだが、如何せん数が多い。その数は約50匹。

「出現しすぎだろ。オークキングも普通の奴より大きいし、これ勝てるかなぁ」

　そして倒さなきゃ依頼が達成できない、王の名を持つオークキング。ダンジョンで見たときはムキムキとデップリがいたが、今回はデップリ仕様だ。

薄汚いのはゴブリンと同じで、首飾りや王冠がとても豪華な金装飾、手には丸太のように大きな棍棒。

ゴブリン達は俺達を見て興奮した様子を見せているけど、オークキングは素知らぬ顔。

よほど腕に自信があるのか、大量のゴブリンに片づけさせる気なのか。

ぼやいていたらいつの間にかヒタキが隣に来ていて、話しながら俺に手を差し出す。

「む、やってみなきゃ分からない。幸い、私達は討伐に失敗しても、本当に死ぬわけじゃない。ツグ兄、ＭＰちょうだい」

「まぁ、な。ほら、いくらでも持ってけ」

ヒタキの言葉にそりゃそうだ、と心の中で返しながら、差し出された手を握る。

そしてヒタキのＭＰを見つつ、上手く渡せるようになった【ＭＰ譲渡】を発動。

リグにあげたりリグにあげたりリグにあげたりしていたので、今の俺は譲渡マスターと言ってもいい。

ちなみに、俺からＭＰをもらったほうが効率いいらしいぞ。ポーションの回復も割合だから、ちょっとした節約ってやつ？

切羽詰まってたらやらないけど、今なら存分にできるそうだ。なぜかこっち来そうにないもんな、ゴブリン達。

「……ん、これくらい、かな？」

ウインドウのアイテム欄から自分で作った下級MPポーション（＋＋）を手にかけ、俺がちょっとぼんやりしているとヒタキが手を離す。

疑問系を含んだ言葉が気になり周りを見渡せば、10匹もいるシャドウハウンドに思わず「うぉ」と声を漏らしてしまった。

「……ま、まぁ、戦力が多いのは悪いことじゃない」

「ん、戦いは数だよツグ兄」

今にも飛び出してきそうなゴブリン達の姿を見つつ、俺が何度も頷くと、ヒタキはどこか満足げに言った。

さて、気にするのを忘れていたヒバリ達はどうしているんだろうか？　突っ込んで行ったりはしていないだろうけど。

見ると案の定、早く戦いたそうにしていたけど、ちゃんと待っていてくれた。

ヒバリの横に小桜と小麦がおり、ルリの隣に武器を取り出してブンブン素振りしているメイ。

シノはと言うと、面倒そうな表情をしつつも弓を手にしている。

ヒタキも準備万端だし、俺の護衛としてリグも腕に抱いているので大丈夫。

ヒバリの側にいる小桜と小麦がちょっと心配だけど、動きが素早いのでゴブリンに後れを取ることはないから良し。

「じゃ、始めるぞー！」

本当に皆の準備が出来たと確信した俺は、いささか緊張感に欠ける感じで号令を出した。

これくらいが俺達には合ってる。

俺の号令が出た途端、元気に走って行く3人と3匹。

あ、シャドウハウンドは除外な。ヒタキの魔法扱いだから。

「よっしょあぁぁっ！　ゴブリン達、私が相手どぅあ！　かかってきなさぁいっ！」

ゴブリン達の元にたどり着いたヒバリの叫びが、後方にいる俺の元まで届いてくる。

ずっと50匹のゴブリンに集(たか)られているヒバリを見ると、ヒタキがボソッと「事案」と呟いていたことを思い出してしまう。よく分からないけど。

っと、今は戦闘中だから意識を集中しなくては。

ヒバリのスキル【挑発】効果で、彼女の周りはゴブリンだらけ。

だが頭上にあるＨＰＭＰゲージは大して減らないいし、殴られても動じていない。体重を2倍にするスキルも使っているようだ。

小桜と小麦はさすがにヒバリの側におらず、少し遠い場所からゴブリン達ににゃん術を打ち込んだり、素早い動きで攪乱(かくらん)したり。

俺から見ても危ないと思う部分はない。楽しそうなので頑張ってほしい。

「俺達の出番はないかもしれないな」

(＊＞ｗ＜)
「シュシュッ、シュ～ッ！」

自由に暴れ回っているメイとルリを見つつ、俺は腕に抱いているリグに話しかける。するとリグは、俺と同じだと言わんばかりに鳴き、楽しそうに身体を揺らした。

ん、俺の出番ってなんだよ……と少し思っちゃったのは内緒。

そしていつも裏方をしてくれるヒタキはと言うと、10匹のシャドウハウンドを引き連れ、漏れたゴブリンを上手に倒してくれていた。

シャドウハウンドもただの人工知能じゃなく、蓄積された自分の戦闘データを元に戦うと、ヒタキの談。科学の力ってすごいよな。改めて思う。

「お兄さん。そろそろキング、動き出します」

「え、あ、本当だ。てか、若干怒ってる?」

「……そりゃ、取り巻き倒してますし」

珍しく自発的に話しかけてきてくれたと思ったら、シノからまさかの「お兄さん」呼び。年齢も少し離れているし、俺が上だから間違ってはいない。ただ驚いただけ。うん、驚いた。

「心配はいらないと思いますけど、一応援護してきます。ルリがうるさいんで」

オークキングは巨体を左右に揺らしながら前進し、こちらにも聞こえるほど大きな音を立てて棍棒を地面に振り下ろした。

どうやらシノの言うとおり、ゴブリンを順調に倒されてご立腹な様子。

ＭＰで作った矢を片手に、シノは俺に一言告げてから離れる。

俺は弓を射ったシノの姿を見たことないけど、腕前はどれくらいなんだろうか？

俺の近くに来そうなゴブリンはいないし、オークキングはヒバリ達にご執心。俺とリグは興味津々に、ゆったり歩いているシノを視線で追う。

ヒバリ達と俺との中間地点にたどり着いたと思ったら、シノは矢をつがえ一気に引き絞った。

(＊＞w＜)/ｼ

「威嚇？　あ、いや、当たってる」

「シュッシュ〜」

「け、結構なお手前で」


ちょっと遠いからよく見ないといけないけど、放たれた魔力を帯びた矢はオークキングに当たった。意識をそらせるだけではなく、きちんと当てるとは。

思わず俺は拍手したくなる衝動に駆られた。リグがいるからやらないけど。

(｀・w・)b

「……見てるだけだけど、いいよな」

「シュ〜ッ！」

従えていたゴブリン達も順調に倒し終わり、オークキングの苛立ちは頂点に達した。耳をつんざく咆哮を上げ、棍棒を大きく横に振る。

ヒバリもさすがに受け流せないようで、アクロバティックな動きで避けた。

戦力的にあまり心配してないけど、お兄ちゃんとしては、ヒバリが腰を痛めないか心配かな。

俺が行っても邪魔にしかならないし、リグと仲良くお留守番しようか。リグからＯＫもらったし。

俺の活躍は魔法を覚えてから。ご期待ください。

「お兄さん、ＭＰください。矢を探さなくていいけど、効率悪いんですよね」

「お、おぅ。そう言えば、戦いは順調か？」

「えぇ、順調です。ルリと似た再生スキルが厄介ですけど、こちらは過剰攻撃力ですから。放っておいても勝てると思いますよ」

緊張感のない雰囲気丸出しで戦闘を見ていると、いきなりシノが現れたように見え、ちょっと驚いた。手を出してＭＰをご所望だったので、もちろんすぐに君と握手状態。

ついでに戦況を聞けば、ホッと出来る答えをもらえた。

「そうか、安心だな」

「キングですので、特殊スキルがないとも限りませんけどね」

「え」


手を離した瞬間シノは歩きながら、不穏な言葉を残していった。

え、それ、ヒバリの大好きなフラグってやつじゃないか？　しかも盛大な。

でも、シノは涼しい顔をしていたから、大丈夫なんだろうか。

シノから視線を外し、もう一度オークキングと愉快な仲間達に視線を向ける。愉快な仲間達って言うのは、ヒバリ達のことな。

オークキングの攻撃は熾烈を極めてるんだけど、こちらのＰＴバランスが良いから優勢。

ただ、ヒタキのシャドウハウンドが半分くらいに減っていた。

さすがに無傷ってわけにはいかないか。ヒタキのスターテスが反映されてはいるけど、がっつり前衛としても行動してるし。


「あとは時間の問題……おっ、お？」

(｀・w・´)

「シュシュッ！」

ジリジリと削られていくオークキングのＨＰゲージを眺めていたら、いきなり残りのゲージが赤く輝き点滅を始めた。あと少しの合図なのか、シノの言った特殊スキルなのか分からん。

ボスはダンジョンでも倒したけど、こんなこと初めてだ。まさか第二形態とかがあるんだろうか？

「あ」

ちょっぴりワクワクしながら眺めていると、思わず声が漏れてしまった。

赤く輝き出したゲージのことなんて気にしないメイとルリの猛攻により、パパッと倒されてしまった。少し哀れ。

倒されたオークキングが光の粒子となり消え去った瞬間、頭上にある薄い膜が消えて緊張感のある空気も消えていく。まぁ、緊張感なんてあってないようなものだったけど。

そして俺の目の前に軽快な音とともにウインドウが現れ、それに目を通す。

【忍び寄るゴブリン達の討伐完了】

一時的とは言え、これで王都に忍び寄っていた危機は去った。成功討伐者の諸君、ギルドに

立ち寄り報酬を得てほしい。

忘れないために念押しか？

開かれたウインドウの文章を読んでいると、オークキング達を倒した面々が俺の元に寄ってくる。

無事討伐できた喜びを分かち合おう。何事もなくて良かった良かった。

ギルドに行かないと報酬はもらえないので、どんなものがもらえるのかお楽しみだな。

とりあえず戦闘で失ったＨＰとＭＰを回復させ、他の冒険者が来るかもしれないから端っこに移動。

森が近いと魔物に出会いやすいみたいだけど、【気配探知】スキル持ちのヒタキがいるので問題ない。

「あっ、めっちゃレベル上がってる！　５だけど」

「ん、オークキングの経験値が美味しかったのかも。キング、王様だし」

ヒバリとヒタキがウインドウを開きながら話しているのを聞いて、そう言えば気にしてなかったと、俺もスターテスを確認する。

REAL&MAKE
リアル アンド メイク

【プレイヤー名】
ツグミ
【メイン職業／サブ】
錬金士Lv47／テイマーLv46
【HP】936
【MP】1801
【STR】176
【VIT】176
【DEX】284
【AGI】167
【INT】309
【WIS】284
【LUK】245
【スキル10／10】
錬金31／調合32／合成37／料理87／
ファミリー32／服飾34／戦わず57／
MPアップ68／VITアップ31／AGIアップ29
【控えスキル】
シンクロ（テ）／視覚共有（テ）／魔力譲渡／
神の加護（1）／ステ上昇／固有技 賢者の指先
【装備】
にゃんこ太刀／フード付ゴシック調コート／
冒険者の服（上下）／テイマーブーツ／
女王の飾り毛マフラー
【テイム3／3】
リグLv68／メイLv73／小桜・小麦Lv51
【クエスト達成数】
F40／E15／D3
【ダンジョン攻略】
★★☆☆☆

REAL&MAKE
リアル アンド メイク

REAL&MAKE
リアル アンド メイク

【プレイヤー名】
ヒバリ
【メイン職業/サブ】
見習い天使Lv52/ファイターLv51
【HP】2207
【MP】1249
【STR】322
【VIT】412
【DEX】269
【AGI】270
【INT】288
【WIS】259
【LUK】305
【スキル10/10】
剣術Ⅱ27/盾術Ⅱ31/光魔法78/
HPアップ98/VITアップ99/挑発97/
STRアップ63/水魔法9/MPアップ49/
INTアップ41
【控えスキル】
カウンター/シンクロ/ステータス変換/
重量増加/神の加護(1)/ステ上昇/
固有技 リトル・サンクチュアリ
【装備】
鉄の剣/アイアンバックラー/
レースとフリルの着物ドレス/アイアンシューズ/
見習い天使の羽/レースとフリルのリボン

REAL&MAKE
リアル アンド メイク

REAL&MAKE
リアル アンド メイク

【プレイヤー名】
ヒタキ
【メイン職業／サブ】
見習い悪魔Lv４７／シーフLv４７
【HP】１２０５
【MP】１２２３
【STR】２４２
【VIT】２２０
【DEX】３９１
【AGI】３３８
【INT】２６１
【WIS】２５７
【LUK】２７０
【スキル１０／１０】
短剣術９１／気配探知６８／闇魔法６１／
ＤＥＸアップ９３／回避９６／火魔法１５／
ＭＰアップ４１／ＡＧＩアップ４０／
罠探知４８／罠解除２９
【控えスキル】
身軽／鎧通し／シンクロ／神の加護（１）／
木登り上達／ステ上昇／固有技 リトル・バンケット／
忍び歩き２６／投擲３９／狩猟術１
【装備】
鉄の短剣／スローイングナイフ×３／
レースとフリルの着物ドレス／鉄板が仕込まれた
レザーシューズ／見習い悪魔の羽／始まりの指輪／
レースとフリルのリボン

REAL&MAKE
リアル アンド メイク

REAL&MAKE
リアル アンド メイク

【プレイヤー名】
ルリ
【メイン職業／サブ】
小鬼Lv35／槍使いLv34
【HP】1704
【MP】391
【STR】412
【VIT】203
【DEX】205
【AGI】220
【INT】141
【WIS】142
【LUK】221
【スキル5／10】
槍術98／受け流し60／チャージ53／
STRアップ49／HPアップ57
【控えスキル】
威圧（いあつ）（鬼）／再生（鬼）
【装備】
ハルバート／冒険者の服（上下）／
冒険者の靴（くつ）／小鬼の角

REAL&MAKE
リアル アンド メイク

REAL&MAKE
リアル アンド メイク

【プレイヤー名】
シノ
【メイン職業／サブ】
弓使いLv３３／無職Lv３２
【HP】1081
【MP】907
【STR】217
【VIT】188
【DEX】226
【AGI】209
【INT】194
【WIS】189
【LUK】223
【スキル３／１０】
弓術５４／鷹の目３７／風読み３１
【控えスキル】
無職の底力／魔力矢生成
【装備】
アーチェリー／冒険者の服（上下）／
黒の肩マント／冒険者の靴

REAL&MAKE
リアル アンド メイク

俺の護衛で戦闘に参加していなかったリグのレベル変化はないが、メイや小桜、小麦のレベルが上がっている。もちろん俺も。

ホクホクしているルリもきっとレベルが上がっているし、シノも上がっているだろう。

ゴブリン達をあれだけ倒して、上がってないのはおかしい。

よく動いたからか、満腹度と給水度のゲージが減っているけど、これは王都に帰ってからでも大丈夫だな。

一応皆のステータスも確認が終わったし、そろそろ王都に帰ったほうがいいかもしれない。

もしかしたら、このまま他の魔物も倒すと言いかねないから、言ってない今がチャンスだ。集中したら休憩を挟む。いいね？

絶対に俺の意見に賛成してくれるシノに視線を向けると、力強く頷いてくれる。

2人でそれとなく誘導し、魔物に出会うことなく王都に戻ることができた。

ヒタキには俺の目論見(もくろみ)がバレてそうだけど。

無事に王都の門をくぐり人の少ない大通りを歩いていると、不意にヒバリが俺の隣に来て袖を引っ張りながら言う。

「ツグ兄ぃツグ兄ぃ、早くギルド行って報酬もらって、打ち上げしよ打ち上げ！」

「どんちゃんどんちゃん？」

「それはいいわね！」

ヒタキとルリも反応し、楽しそうな表情を浮かべ俺の近くに寄ってきた。足下のメイ達にハラハラするのは俺だけのようだ。

まぁ王都に帰るよう誘導したのは俺なので、打ち上げに反対するわけがない。リグ達も美味しいものが食べられると喜んでいるし、皆が楽しんでいる姿を見るのは俺も好きだからな。

と言うわけで、足早にギルドに向かう俺達。大所帯になってきているけど、人通りの少ない今なら迷惑はかけないはず。

大通りと同じく人の少ないギルドに入り、どれも空いている受付へ。

受付の人も暇だったのか、いつもより素早い動きでテキパキと処理してもらえた。

【忍び寄るゴブリン達の討伐、C】
【討伐報酬】
ゴブリン48匹　1万8240M
オークキング1匹　5万9080M

【初回討伐報酬】
欠けたオークキングの魔石5個
【欠けたオークキングの魔石】
欠けてしまったオークキングの魔石。価値は低いが、通常の魔石よりは効果が高い。保有魔力残り89。

戦闘のときはきちんとリグとメイの分も魔物が追加されていたのに、報酬のときは追加されていないのはちょっと不満。

まぁプレイヤーへの報酬だろうし、俺は格好いいお兄ちゃんなので何も言うまい。

一瞬でも動きが止まったのを愛想笑い(あいそわら)で誤魔化し、受付の人に感謝を告げその場から離れた。

不本意ながら決まったリーダーとして、全員の報酬をもらったので早速仕分けしたい。

ヒバリとヒタキの分は俺が持っていても良いけど、ルリとシノの分があるからね。

広く作られているギルドの飲食スペース隅を借り、打ち上げに決めようと皆で着席。

俺達なら揉(も)めることはないけど、こういうことは早めに決めろって偉(えら)い人が言ってたし。

「よし、とりあえず人数分あるからオークキングの魔石は1人1個だな。それで報酬のお金なんだけど……」

俺は自身のウインドウを開き、金額を計算しながら話しを切り出した。

するといつもの溌剌(はつらつ)とした雰囲気はどこへやら、モジモジ恥ずかしそうに俺を見るルリ。

「あのね、さっきシノと話したんだけど私達は受け取らなくていいわ！　その代わりと言ってはなんだけど、私とシノに、ヒバリやヒタキみたいな服を作ってほしいの。可愛くて……う、羨(うらや)ましくて」

「ルリだけでも作ってくれると助かります。代金、足りなかったら魔石や追加で払います」

珍しく申し訳なさそうなシノにもそう言われ、俺はルリがヒバリ達の服を羨ましそうに見ていたことを思い出す。と言うか、俺も気づけ。

もちろん快く服の製作依頼を受けたが、諸々を決めるのは打ち上げの終わったあと。詳しく言うならシノとの約束である料理を作る作業場で、だな。

2人の生地代は報酬のお金で足りるからオークキングの魔石をシノにふたつ渡し、はしゃいでいる皆を連れてギルドを後にした。

打ち上げという名の食事会をする店は、ヒタキ先生がすでに目を付けていたらしい。案内されてすぐにたどり着く。

雰囲気が良く、少しくらいなら騒がしくても許されそうだ。

店内に入ると、大人数が座れる広いテーブルに通された。もちろんリグ達も大丈夫か聞いたので、胸を張って店内を歩けるぞ。

全員座ったのを見てお品書きを渡してくれたので、代表として俺とリグが覗き込む。

「あ、おまかせパーティーセットがあるな。これと飲み物と、あとはこの各種詰め合わせケーキセットでいいか？」

お品書きの中身は、品物の写真がないだけでレストランにあるようなものと同じだった。

まずは飲み物系がずらっと並んでおり、次に単品系、最後に大人数向けだな。

皆に確認をとってから手を上げ、店員さんを呼び注文する。

どう言った理屈かは分からないけど、注文して10分も経たずパーティーセットが運ばれてきた。これがプロの技、ってやつかもしれない。

それはそうと、運ばれ並べられた料理を見て、俺以外が目を輝かせている。

これは早く食べ始めなければ……！　と思うくらいの輝きだ。

「あー、オークキング討伐成功おめでとう会の始まりだ。お店の人に迷惑をかけない程度に喜び、はしゃいでくれ。じゃ、いただきます」

「「いただきまーす」」

「ん、いただきます」

「いただきます」


あまり話を聞いてない気がしたので、早々にいただきます。

嬉しそうな顔文字を飛ばすメイ達の世話もしつつ、好きな料理を取って食べる。

まぁ普通なんだろうけど、口に物を詰め込んだ皆は本当に静かなんだ。王都の料理は本当に美味しいからな。料理ギルドの指導恐るべしって感じ。

雛鳥(ひなどり)のように口を開けて待っているリグに食べさせ、それを俺も一口。うん、美味しい。

「それにしても、うまい具合に勝てたよね。もっと苦戦するかと思った！」

口いっぱいに食べ物を詰めていたヒバリが必死に呑み込み、飲み物で一息ついてから口を開く。心配性なお兄ちゃんもヒバリと同意見かな。

その言葉を聞いてヒタキとルリが顔を見合わせ、軽く笑ってから話し出す。

シノは黙々と食べているから放置。


「ヒバリ、そりゃあこんなに仲間がいるんだもの。ヘマをしない限り負けるわけないじゃん」

「ん、過剰戦力。私達は強くなった」

「そっかぁ〜。でも、油断しないようにしないとね」

「ん」


話を聞きながら、俺はリグの口に料理を突っ込み、自分の口にも放る。

目に見えてパーティーセットの料理が減ってきたころ、目玉でもある各種詰め合わせケーキセットが運ばれてくる。

ケーキの量としては、1人と1匹がひとつずつ食べたら終わりってくらいだな。パーティーセットだから量も多いけど、俺達も人数が多いから。仕方ない。

皆思い思いのケーキを選び、改めていただきます。

ちなみに残りわずかだったパーティーセットの料理は、シノの腹の中に消えた。食いしん坊キャラか。

どんちゃんどんちゃんと言っていたにもかかわらず、案外大人しいおめでとう会になったと思う。

色々と堪能し終えたら、いつも通り噴水広場のベンチに。

このあたりは噴水から距離があるので、そこそこ空いているスポットだ。

「次は作業場に行って、俺は料理を作るからヒバリとヒタキはルリとシノの採寸してほしい」

「はーい」

「あとはどんな生地がいいとか、どんな服がいいとか……は、学校でも出来るか」

「ん」

ちょっとした休憩で座っているだけなので、全員軽く腰をかけているだけだ。

俺の場合ちょっと食材を買ったほうがいいかもしれないけど、その前にヒバリとヒタキに今回のミッションを告げる。とは言っても、大したことじゃないんだけどな。

「俺はちょっと食材買い足すから、先に作業場へ行っといてくれるか？」

「ん、了解。任せて」

ヒタキが頷いたのを見てから、人が少なくなってきた露店を見て回る。

朝より随分と品物が少ないけど、俺が欲しいものは見つけることができたので良しとしよう。

もちろん俺だって主夫なので、お店の事情とかはよく知っているつもりだ。

買い忘れがないかインベントリを開いて確認してから、ヒバリ達にPTチャットを送る。

2階のどの個室かが分からないからな。

すぐさま来る返信に感謝して、作業場の2階へと向かった。

扉の前にはヒバリと小麦がおり、感謝を示すため軽く頭を撫でてから部屋の中へ。

そう言えば、作業場って先払いにも後払いにも対応しているらしい。最近お知らせ読んでないことがバレるな。

「……な、何やってん、だ？」

「ツグ兄、これは採寸。ふふふ」

「こふぇふぇ、っひ、さっさい、うははははっ」

「は、はぁ……」

中に入るとよく分からない状況になっており、楽しそうなヒタキとくすぐったそうにしているルリを見て、気の抜けた返事しかできなかった。

俺を案内する役目を終えたヒバリも加わり、余計に混乱しそうなので、俺は考えることをやめた。

と言うか、シノがテーブルに突っ伏してるけど、ルリが終われば自分の番だと分かって……あ、だから力尽きてるのか？

とりあえず料理をするため、リグをメイや小桜と小麦がいるところに。

「大丈夫だとは思うけど、ちょっと危ないからこっちにいて欲しい。いい子にしててな、リグ、メイ、小桜に小麦」

「シュッ！」(*>w<)

いつもリグは料理をしている俺の近くにいる気がするが、今回は余裕があるのでこっち。

元気よく返事をもらい俺は満足げに頷き、４匹の頭を撫でてから作業台へと向かった。

あまり関係ないけど、最初にやることは手洗い。これは習慣だな。

「よし、まずは発酵に時間がかかるパンからかな。あとスープ系と、コーンクリームコロッケ、デザート系もあったほうがいいか」

作業場の下に収納されている道具を出し、自身のインベントリを開いて食材の確認。

急いで買ってきたってのもあるからセット品も多く、実を言うと全ての食材を把握しきれていない。俺の大好きなスライムスターチはいっぱいあってホッとした。

色々と献立を考え、大体まとまると大ざっぱに食材を取り出す。

これ使うの？　って食材でも、入れてみると美味しかったりするからな。ノリで入れてみるのもいい。美味しさは保証しないけど。

用意するものはスライムスターチ、砂糖、塩、ぬるま湯。

大きいボウルを用意し、その中に全ての材料を入れ、ヘラでかき混ぜる。

これはスキルならではのやり方だから、普通はやらないよ。本当に。

まとまってきたら手でしっかりとこねつつ、まな板に叩きつける。10分くらいかな。

そしてちょっと省略させてもらうけど、一次発酵と二次発酵をすませ、終わったらボウルから取り出し窯の中へ。１８０度だから、15分くらいで焼きあがる。

窯は事前に火を入れてもいいし、あとからじっくりでも大丈夫。

今回は何も入れていないもの、砕いたクルミを入れたもの、砕いたアーモンドを入れたもの、ドライフルーツを入れたもののセットだ。

これらはR&Mでも手に入りやすいし、汎用性が高いから使い勝手がいい。

いつも通りだから説明は省かせてもらい、パンが作り終われば次はスープにでもしよう。慣れたものは簡単に作れるし、揚げ物は最後に取っておきたいってのが俺の意見。シノには悪いけど。

そうだなぁ、肉団子のスープでいいか。

「適当に野菜と挽き肉と、んー……」

用意するのは大根、人参、キャベツ、タマネギ、椎茸、生姜、混ざってよく分からない肉、塩、砂糖、コショウ、あとは使いかけの野菜だな。

よく分からない肉っていっても、魔物の肉ではないから安心してほしい。実を言うと手に余ってる。ははっ。

大根、人参、タマネギ、椎茸、生姜を全てみじん切りにし、混ぜて挽き肉にしちゃったやつと合わせひたすら混ぜる。

ある程度混ぜ終わったら塩、砂糖、コショウを加えてよく練り込んで肉団子は終わり。

次にスープの材料なんだけど、大根、人参を短冊切りにし、キャベツは好きな大きさでざく切り。

用意しておいたお湯が沸騰した鍋に、スープ材料の野菜と、なんと驚くなかれ。鶏ガラスープの素が売っていたのでそれを主夫の勘で投入し、中火でことこと約10分。

野菜に火が通ってきたのを確認し、肉団子のタネが入ったボウルを自身へ寄せる。

手で肉を掴んで絞り出し、形を丸く整え鍋に落としていく。

全ての肉団子が浮かんできたら完成。

広口水筒にこのスープを詰めれば、いつでも熱々が食べられるぞ。


【あつあつはふはふ肉団子スープ】

シンプルながらしっかり味付けされた肉団子スープ。野菜もたくさん入っており、これ一品で満足できる仕上がり。熱々なので注意が必要。レア度4。満腹度+22%。

【製作者】ツグミ（プレイヤー）

「だいじょ～ぶ、大丈夫ですよシノさん！」

「ん、ツグ兄より細くない。大丈夫」

「ふふふふふ、私達が計(はか)ってあげるんだから！」

「……勘弁(かんべん)してくれ」

俺が着々と料理を完成させていると、不意に後ろから楽しそうな3人の声と、怠(だる)そうな

1人の声が聞こえてくる。ルリの測定は終わり、次なるターゲットへ移ったらしい。

ひとつ言うならば、俺を引き合いに出すんじゃない。むなしいからな。

鋼の精神を持った俺は、カスタードパイを作る準備をする。

パイシート、牛乳、砂糖、スライムスターチ、卵、あとは作業台に備え付けてある道具でOK。

この料理は窯を使うので、さっきの火を消さないように。

そう言えば、スキルが上がったことによって色々と楽ができると言ったよな。それは本当のことだ。材料と多少のMPを使えば、ほらこの通り。

作るのが面倒なパイシートが一瞬で……って、パンのときでも使えたのか？　もしかして。


「……」


気にしない気にしない。できると分かっただけで良い。次に使えばいいことだからな。

な、泣いてない。本当だぞ。っと、気分を入れ替えねば。

まずは小さめの鍋で牛乳を沸騰しない程度に温め、温め終わったら火を消し砂糖とふるったスライムスターチを入れて混ぜる。まだ火を付けてはいけない。

しっかり混ざったら卵を入れてさらに混ぜ、ようやく弱火にかけながらもっと混ぜる。絶対に沸騰させせちゃダメだし、白身が浮いてきたら漉してくれ。俺はスキルのおかげでしなくていいけど。

ずっと混ぜながら火にかけ続け、少し固くなってきたら火を止める。

これでカスタードの準備は終わりだ。

パイシートを好きな大きさに、ただし等分になるよう切り、切ったものの真ん中にフォークで何回か穴を開ける。

穴を開けたところに、先ほど出来たばかりのカスタードを載せ、つや出し用の卵黄をハケで塗る。

そしていい具合に温まっている窯に入れ、焼き目がつくまでしっかり見張ろう。

包装紙の上に出してあら熱をとり、あらかたとれたら籠に移してインベントリにしまっておく。

いつまでも出しておくと、後ろの腹ぺこ星人に食べられかねないからな。

【サックサク、カスタードパイ】

食べるときにサクサク音が鳴る、楽しく美味しいカスタードパイ。ちょうど良い甘さなのでお茶請けとしても最適。パイ生地は崩れやすいので注意。レア度4。満腹度+10%。

【製作者】ツグミ（プレイヤー）

　使い終わった道具を片づけたり、次に使うものを用意したりしつつ、後ろのほうでぐったりしているシノへ話しかける。

「シノ、次はお待ちかねのコーンクリームコロッケを作るぞ。味付けとかこだわりはあるか？」

「……あ、はい。こだわりは特にはありませんが、コーン多め、クリーム固めがいいです」

「人はそれをこだわりと……いや、分かった」

「よろしくお願いします」

　シノの好みを聞き出したら、さっさと行動に移す。

　用意する材料はコーン、タマネギ、バター、牛乳、塩コショウ、砂糖、スライムスターチ、卵、パンを卸し金で細かくしたパン粉だ。

　まずタマネギをみじん切りにして炒めておき、炒め終われば皿に上げておく。

　これをしておくと時間が短縮されていい。

　次にホワイトソース作り。冷めたフライパンにバターとスライムスターチを入れ、ここで弱火をつけてヘラでこねる。

ある程度まとまってきたら牛乳を少量ずつ入れ、まとまるまでヘラでこねるを繰り返す。

慌てて火を強めると失敗するから、じっくりとな。

牛乳を入れ終わったらさっきの調味料を入れ、炒めたタマネギとコーンも投入。

シノのリクエストに応えるため、スターチ多めのコーン多めだ。

本当は冷めるまで待ってないといけないんだけど、スキルのおかげで待たずとも大丈夫。

あとは食べやすいように一口大にし、卵とパン粉をつけて揚げれば完成。

揚げるのはコロッケと同じだから省かせてもらい、包装紙の上に並んだたくさんのコーンクリームコロッケを見て、俺も大満足。

半分はシノにあげるとしても、しばらく食べられ……ないな。すぐなくなるかもしれない。


【あつあつコーン多めのクリームコロッケ】

コーン多め少し固めのホワイトソースで作られた、あつあつのコーンクリームコロッケ。そのままでも十分美味しい。中身が熱いのでやけど注意。レア度4。満腹度＋8％。

【製作者】ツグミ（プレイヤー）

「……美味しそう。ありがとうございます」

「‼　ど、どういたしまして」

使ったものはきちんと綺麗にしてから片づけよう。

油を捨てたりしていると、いきなり背後からシノに話しかけられ、俺は盛大に肩を揺らした。

いくら気を取られていたからって、お兄ちゃん一生の不覚。

それより今までで一番嬉しそうなシノの声に、作った俺も嬉しくなってくる。半分とは言わずにもっと持たせてあげよう。

若干シノを餌付けしてる気分になるが、気にしちゃいけないと思う。

「ありがとうツグミ！」

そんなやりとりをしていたらルリもシノの変化に気づいたようで、感謝の言葉をくれた。

彼女の満面の笑みに嬉しくなり、いそいそコーンクリームコロッケを包装紙に包んで渡した。

そう言えば、もう少しで作業場の退出時間だったかなぁ。

確認してみるとちょうど良い時間になっており、皆に告げるとなぜか慌てた素振りを見せる。

俺は料理していたけど、皆は大したことしてなかったような？　それこそ、楽しそうに測定していたとしか。

リグやメイ、小桜と小麦が気持ちよさそうに床に転がって寝ているから、多分それのせいかな……と、思っていたら、ヒタキに話しかけられた。

「ん、ツグ兄ツグ兄、これ持ってたほうがいい」

「お？　あ、これか。ありがとう、ヒタキ」

「ん、どういたしまして」

よく分からず首を傾げると、ヒタキの手には、ルリとシノの詳しいサイズが書かれた紙。なくす前に素早くインベントリに入れ、ヒタキの頭を労るように撫でると、彼女は猫のように目を細めて嬉しそうに笑った。

明日あたりにはどのような服が良いか、色々と話し合って学校から帰ってくるだろう。学校でも仲良しみたいだからな、いいことだ。

「ツグ兄ぃ、こっちは準備ＯＫだよ！」

(｀・w・)b

「シュシュッ！」

そんなやり取りをしていたら準備、というよりリグ達を起こすことに成功したらしい。

元気なヒバリとリグの声を聞きつつ、本当に忘れ物はないか一通り見渡し、大丈夫だと確信してから退出する。こういうのはな、やりすぎくらいがちょうど良いんだ。

もうログアウトする時間が迫ってきているのか、ちょくちょくウインドウの時間を見るシノ。

やる気のなさが売りだけど、きちんとするところはしているので、俺も見習いたいものだ。

次に会うのは、闘技場で開催される大会のとき、だったな。

名残惜しそうにリグやメイ、小桜、小麦を抱きしめているルリを横目に、俺はシノ達をＰＴから抜くのに四苦八苦（しくはっく）してしまった。

あと何回かやれば慣れる……と思う。

ログアウト直前には、満面の笑みを浮かべ手を振るルリと軽く頭を下げるシノ。

「今日もありがとう、楽しかったよっ！」

「……ありがとうございます。では」

その言葉を残し、2人はログアウトしていく。色々あったけど、また楽しく遊べたらいいな。って、しみじみ思っているけど次は俺達がログアウトする番だ。

いつも通りヒバリやヒタキにやり残したことはないか尋ねつつ、リグ達を休眠モードにするためウインドウを開く。

いつもお疲れさま、ゆっくり休んでほしい。そんな願いを込めて、1匹ずつ頭を撫でたりして別れの挨拶をし、【休眠】ボタンを押したら俺達の準備も完了。

俺は自分のログアウトボタンをポチッと押した。

◆◆◆

意識の浮上する感覚に目を開くと、クッションの心地よさを覚える。

雲雀と鶲も目を覚ましたので、2人にヘッドセットを渡した俺は、水に浸していた皿を洗おうとキッチンへ向かった。時間的にも良い頃合いだろう。

キッチンの電気をつけて皿の具合を見て俺は満足げに頷き、スポンジに液体洗剤をつけて洗っていく。

そして不意にゲームをやる前に言っていたことを思い出し、片づけを終わらせた2人に話しかける。

「そう言えば、今日は宿題ないんだっけ？」

早々に後始末が終わって暇だったのか、話しかけられてからこちらに来るまでの動きが素早かった。

盛大に頷く雲雀のおかげでそうだと分かり、次に鶲が持ってきたノートパソコンに目がいく。

どうやら明日の予定を立てたいらしい。

簡単な対面式のキッチンなので、椅子さえ持ってくれば顔を見ながら話すことができる。

俺の皿洗いはもう少し時間がかかりそうだし、雲雀と鶲が楽しくおしゃべりしているのを聞いておく。

「明日は木曜日だし３人だし、ちょっとした散策って言うか、お買い物って言うか、そんな感じで良いと思うんだ。あ、ログインしないってのはなしで！」

「ん、木曜日は１日だけ。濃厚な日を過ごすのは土日。あと、ある意味金曜日も」

「なんだそれ、美紗ちゃんが『ある意味』って扱いになるぞ」

「「……」」

ノートパソコンを睨んだり俺の手元を覗き込んだり、忙しない2人の会話の中で気になる部分があったので、茶化しながら問うと無言の肯定。

いや、俺も薄々はそうじゃないかって分かってた。分かってたから。大丈夫だから。

大したことを決めていないような気もするけど、いつものことなので気にしない。実際、ゲームをやり始めてから考えても支障はないし。

ちょうど2人が大人しくなったとき、俺の皿洗いも終わった。

皿の水気を布巾で拭き取り食器棚に戻し、お風呂に入ってくるように言う。

まだ寝ないんだろうけど、寝る準備はしとかないとな。

ちなみに、洗面所の棚に各々の着替えが入っているので手ぶらで行っても大丈夫。是非とも洗い立て、柔軟剤の優しい香りに包まれてほしい。

「うーん、久々に情報収集でもするか？」

とりあえずソファーに座った俺は、ノートパソコンを借りてR&Mの公式ホームページを覗いてみる。と言ってもまぁ、お知らせ見るだけだけど。

【お知らせｎｅｗ】

いつも皆様には【ＲＥＡＬ＆ＭＡＫＥ】（以下Ｒ＆Ｍ）をご愛顧いただき、感謝申し上げます。

実装を予定しておりました【大空を優雅に泳ぐ超弩級龍・古】につきまして、近々実装の目処がつきましたのでご報告いたします。尚、詳細につきましては公式アナウンスをお待ちください。

同じく実装を予定しておりました【芽吹きの地底に眠りし龍・祝賀】につきまして、実装までもうしばらくお時間をいただくことになりました。申し訳ありません。


……なんだか、Ｒ＆Ｍは俺のよく分からないところまで行ってしまったようだ。

元々そんなに分からないけど、超弩級とか、ええと、よく分からん。つ、強そうだなってことは分かるからまだいいほうだ。うん。

最初のお知らせで驚いてしまい、他のことを調べようと思わなくなった俺を許してほしい。

そっとノートパソコンを閉め、雲雀と鶲が風呂から帰ってくるまでテレビを見て時間を潰す。

そして2人が上がったら俺も入浴して、明日の準備を終わらせてから就寝する。

お知らせに「優雅(ゆうが)に泳ぐ」なんて書いてあったもんだから、俺の見た夢が、金魚みたいな姿の小さな龍に囲まれる内容だったのは内緒。ちょっと可愛かった。

【運営さん】ＬＡＴＯＲＩ【俺達です】part 6

（主）＝ギルマス
（副）＝サブマス
（同）＝同盟ギルド

1：プルプルンゼンゼンマン（主）
↓見守る会から転載↓
【ここは元気っ子な見習い天使ちゃんと大人しい見習い悪魔ちゃん、生産職で女顔のお兄さんを温かく見守るスレ。となります】
前スレ埋まったから立ててみた。前スレは検索で。
やって良いこと『思いの丈を叫ぶ・雑談・全力で愛でる・陰から見守る』
やって悪いこと『本人特定・過度に接触・騒ぐ・ハラスメント行為・タカリ』
紳士諸君、合言葉はハラスメント一発アウト、だ！
・
・
・

623:かるぴ酢
え、この掲示板って古式ゆかしい方式だったんだ。見かけないタイプだったから、てっきり運営が新しくつくったのかと。なるほどな

書き込む　全 部　＜前100　次100＞　最新50

るほど。

624:餃子
>>619そう。記念イベントが常駐イベントになったんだよ。1日1回だけど経験値いいから大人気。

625:夢野かなで
イケメン2人、ロリっ娘ちゃん3人ログインしたよ！　もちろん、スパイダーたんも羊たんも猫たんも一緒だよ！

626:コンパス
次のイベントはなんだろうなぁ。

627:魔法少女♂
>>621そこはひたすらアタックしなきゃ！　そんなんじゃ誰も倒せないよ！　一撃粉砕だよ！

628:kanan（同）
>>619確か、一次か職のレベル底上げも狙ってるらしいって。もしかしたら新しい職の実装が来るのかも。推測にすぎないけど。

書き込む | 全 部 | <前100 | 次100> | 最新50

629:焼きそば

ギルド来たけどなんのクエストしよっかなぁ。農家っぽい格好だから収穫でも手伝うか。なんだっけ、キャロドラゴラ？

630:iyokan

>>626あんまりイベントないと思うよ？　自由度の高いゲームだから、いつでもやってたら雰囲気壊れるし。自分でイベントを発生させるんだ！　と言うか、君自身が物語を紡いで行かねば！

631:ちゅーりっぷ

トイレ漏れそうなんでいったんお家に帰ります。20分という短い間だったけど、今までありがとうございました。では20分後に会いましょう！

632:つだち

あ、お兄さん達、キャロドラゴラの収穫するみたい。ついて行きたいけど隠れ場所ないから諦める。

633:パルシィ（同）

>>627敵じゃないんだから粉砕はダメっしょw
あと、ひたすらアタックもダメwww　人によっちゃどん引きの可能性大だからw

書き込む　全部　<前100　次100>　最新50

634:もけけぴろぴろ
>>629なんと言う勝ち組。

635:プルプルンゼンゼンマン（主）
>>631今生別れは20分かいw

636:NINJA（副）
とりあえず、いつも通りに動くでござる。忍者なりきりプレイは楽しいでござるからな！

637:ヨモギ餅（同）
>>629当たりクエストを引いた君に乾杯！　w

・

・

・

691:空から餡子
泥だらけになってキャロドラゴラを引っこ抜くロリっ娘ちゃん達、汗水流して農作業するロリっ娘ちゃん達。尚、自分にだけ見える幻影です。実際はリアリティ設定で汚れませんし、汗もかきません。

692:甘党
※投稿者により削除されました。

書き込む　全部　<前100　次100>　最新50

693:甘党
こうふんしてけしちゃった
たいしたことないからきにしないで

694:コンパ巣
>>688おぅ、お帰り。トイレ間に合ったみたいでよかったよwww

695：カルピ酢
>>689キャロドラゴラは暗い土の中を好む。物すごく手間だけど、収穫するときだけ覆(おお)って暗くするって方法もある。そうしたら逃げないからな。まぁ、色々と問題点あるから上手くは行かないけど。あとはなんだったっけかなぁ。忘れた。

696:神鳴り（同）
今さらだけど王城見学してきた！　すごかった！

697:ましゅ麿
>>692ど、どどどどどうしたwww

698:密林三昧
友人のギルドなんだけど、新しく売り出した調味料に卵と油と酢を混ぜたやつって名前が付いてた。これは笑うしかない。ってか笑った。

書き込む　全部　<前100　次100>　最新50

699:kanan（同）

>>691こじらせてるなぁ。まぁ、自分もそうだから人のこと言えないけどw

700:黒うさ

>>693自分も興奮するとおかしくなるから気にするな。うんうん。

701:焼きそば

ロリっ娘ちゃん達がダメそうな場所や人を避けまくってるから、危なくなくてほっこり。俺、現実に帰ったら風呂入って寝るんだ。

702:棒々鶏（副）

>>693どwんwまwいwww

703:sora豆

知ってるか、このゲーム、某会社の新人育成にも使われてるんだぜ。別に意味ないけど。言ってみたかっただけだけど。

704:氷結娘

>>695なるほどなぁ。

書き込む　全 部　< 前100　次100 >　最新50

705:黄泉の申し子
>>696えがったえがった（ほろり）

706:中井
とりあえず、ロリっ娘ちゃん達に気づかれないよう周りの魔物でも倒すかね。のびのびキャロドラゴラの収穫して欲しいし。遠目からでも見れるし。

707:ナズナ
>>701フwラwグwって言うか、みんなそうだと思うんだけどwww
お腹出して寝るなよwww

708:こけこっこ（同）
>>698もろもろに配慮した良いギルドやんw

709:フラジール（同）
あの子達を見ていると、荒みきった心が浄化されていくようだ。これが、ロリ神の加護……！

710:餃子
なんか、まったりしてたらロリっ娘ちゃん達がむっちゃ移動してる。気をつけないと。

書き込む　全部　<前100　次100>　最新50

711:わだつみ

1日1回限定クエやってこよーっと。

712:ヨモギ餅（同）

>>701だなだな。でも危なっかしいところもあるし、気づかれず見守っていきたい所存。

713:こずみっくZ

大量のゴブリン……（ごくり）

714:NINJA（副）

移動でござる。にんにん。

715:魔法少女♂

>>701むふふ☆★★　安全は正義なんだよぉ☆

・

・

・

772:夢野かなで

>>764あ、やっぱゴブリン祭りかwww

書き込む　全部　<前100　次100>　最新50

773:黒うさ

デバフが効きにくい。再生があるから出血でとんとんだとしても、やっぱ夜もう一回戦ってみよう。夜は得意な種族だから無双できちゃうかも！

774:焼きそば

まったく危なげなく戦うロリっ娘ちゃん達に俺のドキがムネムネする。これが、恋……！

775:芋煮委員会会長（同）

>>769お、お父さん（概念）を倒してからにしてちょうだい！　目の黒いうちは許さないわ！

776:空から餡子

俺達のギルド全員で行ったら、めっちゃゴブリン達うじゃうじゃだろうな。なんか目に浮かぶ。

777:白桃

ラッキーセブンだったらなんか良いことありそう。そわそわ待機。

778:つだち

>>773頑張れー。そうやって自分で戦い方を模索するの俺も好き。

書き込む　全 部　<前100　次100>　最新50

めっちゃ応援する。

779:NINJA（副）

>>769それはさすがに見逃せないでござる。裏山けしからんというか、天誅（てんちゅう）でござるよ！

780:フラジール（同）

やっぱ、あれだけバランス良いと危なげなく倒すよね。人生で一度はやってみたいランキング1位「危ないところだったな、怪我はないか？」が出来ないジャマイカ。いや、安全なのはいいことだけど。

781:ちゅーりっぷ

>>775あ、あねごかっこいいっ！　（トゥンク）

782:甘党

そう言えば、公式のお知らせ見ました奥さん？

783:密林三昧

この戦いっぷりで仔狼ちゃんもいたらどうなっていたんだろう。見たいような、見たいような。

書き込む　全部　<前100　次100>　最新50

784:かなみん（副）

>>776行ってみる？　時間の調節とかあるからちょっとあとになるかもしれにゃいけど。

785:ましゅ麿

R&Mで納豆を食べることになろうとは……。ここ、パン食が盛んなのに。ソウルフードよこんにちは、って感じ。ちょっと嬉しい。

786:神鳴り（同）

久しぶりに会った友人が吟遊詩人の職だったんだけど、めっちゃ音痴。助けてください（切実）

787:魔法少女♂

>>777おめでとー。

788:プルプルンゼンゼンマン（主）

>>782見ましたよ隣の奥さん！

789:sora豆

>>782あー、あれですね奥さん。

書き込む　全部　<前100　次100>　最新50

790:神鳴り（同）
吟遊詩人の友人、リュート演奏は上手です。プロ並み。手に負えません。これはヒドい。

791:氷結娘
>>782人生で2度目くらいに楽しみ！　戦うのは無謀でも、見るだけでワクワクするし！　実装はよ！

792:かなみん（副）
盛り上がってるとこ悪いけど、ロリっ娘ちゃん達がログアウトしたらいつも通り解散ね！　各自鍛練怠ることなかれ、だぞ☆

書き込む　全部　<前100　次100>　最新50

そんなこんなでギルド掲示板は盛り上がりを見せ、解散はするものの少人数しか去らないのだった……。

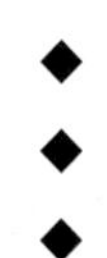

いつも通り雲雀と鶲を学校へと送り出し、俺は家事などをやって過ごす。

そう言えば、２人も俺が昨日見た公式のお知らせを知っていたみたいだ。倒せる倒せないの水域ではないらしい。な、なるほど。

今日は３人とリグ達だけだから、まったりとしたゲームになりそうだ。

学校で美紗ちゃんや瑠璃ちゃんと話してくるらしいんだが、きっと明日の予定とか闘技場のこととかだな。

目を輝かせて話す姿が目に浮かぶ。お兄ちゃん的に楽しそうならいいけど。

そんなこんなを考えていたらちょうど雲雀と鶲が帰ってくる時間になったらしく、玄関が勢いよく開かれバタバタと少々騒がしく洗面所に入っていった。

俺はその騒がしさに小さく笑いつつ、キッチンへ行って夕飯の準備に取りかかる。

「つぐ兄ぃ、たっだいま〜！」

「ただいま。今日もクタクタ。汗だくだからお風呂入る」

「お帰り、雲雀に鶲。風呂の準備は……ん、できてるから大丈夫だ。出てきたら夕飯だな」

「お腹ぺこぺこだから楽しみ！　行ってくる！」


廊下とリビングを繋ぐ扉が開かれたと思ったら、キッチンの出入り口にちょこんと頭がふたつ並ぶ。あくまでも俺に挨拶したかったらしく、中には入ってこない。

部活帰りで汗だくだから恥ずかしい、とか前に言っていた気もする。女の子だなぁ。

少し心配になってお風呂のコントロールパネルを見れば、きちんと準備完了状態になっており満足げに何度か頷く。

出てきたら夕飯だと2人に告げる。夕飯に思いを馳せる雲雀の背中を鶲が押し、彼女達は脱衣所へ。


「あ、野菜の皮剥かないと」


俺もまだ夕飯を作っている途中だった。楽しいなぁ、ってほけほけしてたらお腹を空かせた雲雀に怒られてしまう。

怒った雲雀を想像して苦笑し、俺はシンクに置きっぱなしだった野菜を手に取った。

ちなみに今日の夕飯はカレーとポテトサラダ。

そんなに手間なものでもないし俺も主夫歴長いから、雲雀と鶲がお風呂から出てくるころには夕飯は無事美味しそうに出来上がった。

カレーは美紗ちゃんのお母さんである早苗さんの大好物。１ケ月でも1年でも、食べ続けられるらしい。

いかにもお風呂上がりです、といった姿の雲雀が、リビングへ入ってきた途端に鼻いっぱいに空気をすんすん嗅ぎ、嬉しそうに両手を頬にあてがう。

「んん～、いい匂い！」

「いっぱい動いたあとのご飯は美味しい。つぐ兄の料理ならなおさら美味しい」

「ありがとう。ついでにこれ持って行ってくれ」

「ん、もちもち」

そしてあとから入ってきた鶲が嬉しいことを言ってくれたので、俺は盛りつけた皿を運ぶよう彼女に言った。

飲み物は冷蔵庫に冷やしてあった麦茶だ。

テーブルに今日の夕飯を並べ終えると、皆で席に着いていただきます。

俺達は黙って食べる派ではないので、和気あいあいといった雰囲気で食べ進める。

今日の出来事とか、明日の予定とか、朝は何が食べたいとか、結構取り留めのないことばかり。でもこれくらいがちょうどいい。

日常生活での話のネタが尽きたら、次はゲームの話だな。きちんとやりたいことを調べているらしく、雲雀も鶲も目を輝かせてしゃべり出す。

「今日は30分、ゲーム時間で1日遊ぶの！　予定はちゃんと立てたよ！　ひぃちゃんが！」

「ん、ばっちり。まずは瑠璃ちゃん達の服を作るため、布を売ってる生地屋に行く。色の好みとか、どんなのがいいか赤裸々に語ってもらった。次はちょっとしたお使いクエストか、最近出来たばかりのお店に行きたい。どっちでもいいから時間と相談。ログアウトするまでの間、夜は作業場でつぐ兄は服作り、私達はお手伝い。これも時間と相談」

「お、おぅ。いいんじゃないか？」

ズイッと身体を俺のほうに寄せる雲雀と鶲に少々気圧されたけど、なんとか頷いて返事をする。

そこまで考えているのなら何も言うことはない。２人が本当にどうしようもない時だけ、俺も本気で考えようと思う。ただしゲーム知識は素人だからお察しください、って感じだけど。

食べた食器類をキッチンのシンクへ置き、乾燥を防いでふやかすために水を入れる。

その間に雲雀と鶲がR&Mをやるための準備をし、キッチンからリビングに戻ると準備は整っていた。さすがだ、妹達よ。


「さてさて、今日は楽しいことあるかなぁ〜」

「雲雀ちゃん、今日も。いつも楽しい」

「あっ、そうだったそうだった！」

「ん」


鶲から手渡されたヘッドセットを被っていると、視界の端に楽しそうな表情で話す雲雀が見えた。

雲雀の発言を訂正するように鶲が話し、雲雀が納得すれば鶲が満足したように頷く。

仲の良い2人をずっと見ていても、飽きないのは俺だけだろうか。

まぁそれはいいとして、準備はいいかと問うと、2人は慌てて自分のヘッドセットを被った。

俺がヘッドセットのボタンを押すと、すぐにいつもの感覚に襲われ、もうR&Mの世界だ。

◆　◆　◆

そこは見慣れたいつもの王都にある噴水広場。少しだけ遅れてくるヒバリとヒタキを待ち、俺は自身のウインドウを開いてリグ達を喚び出そうとする。

その最中に2人がログインしてきて、俺はその手を止めた。

「あ、いいよツグ兄ぃ、続けて？」

「いや、来たなら場所を変えよう。大丈夫だろうけど、邪魔になるかもしれないし」

「そっかぁ～、じゃあいつものとこだね」

俺の手の動きに気づいたヒバリが続けるよう促してくれたけど、3人と4匹はさすがに邪魔かな……と。俺が言うなってちょっと思うけど気にしない。

納得して満足げに頷くヒバリと、何かを探すように視線をキョロキョロさせているヒタキを連れ、俺はいつも通り人の少ないベンチへと向かった。

たまに人がいるのでその辺は臨機応変(りんきおうへん)に。今日は誰もいなかったので使わせてもらおう。

「そう言えば、ヒタキはなんであたりを見回してたんだ？」

(＊＞ｗ＜)
「シュッ、シュシュ～」

俺はヒタキに話しかけながら、自身のウインドウを開きステータス画面にして、まずはリグを喚び出した。

出てきた途端にリグは元気よく一鳴きしてからピョンッと跳び、俺のフードの中へ入っていく。リグの定位置はここだもんな、落ち着くよな。

「ん、まずはルリちゃん達の服を作るためにお買い物。生地屋は大通りじゃないところにあるから、入る道を探してた。見つけたけど」

「なるほど」

メイ、小桜、小麦も喚び出しながらヒタキと話しているうちに、俺の準備も整った。

よし、早速生地屋に行こう。こういうのは早く行ったほうがいい、って主夫の勘が働くんだ。

皆を引き連れ、ヒタキがのんびりと歩き出す。

多分ヒバリも分かるんだろうけど、ヒタキ先生の後ろで歩いたほうが安心する不思議。

ちょっと分かりづらい場所にあるけど、誰も迷子にならず生地屋さんにたどり着くことができた。

たどり着いた生地の店は、一見して普通の民家と変わりない。入り口まで浸食した色とりどりの生地で店なんだなぁ、と分かるくらい。

「ここがあの女のハウ……」

「ひぃちゃん、それ以上はいけない」

ヒタキが何か言おうとしたんだけど、珍しく真面目な顔をしたヒバリに止められた。
店内の通路も狭いけど、どうにか皆で見れそうなのでそのまま中へ。
もちろん、お店の人にリグ達が入ってもいいか確認済みなので安心してほしい。２回目の生地屋だな。

「ルリちゃんが言ってたのは、可愛いけど動きやすい服がいいなぁって。あと私達みたいな服もいいけど、ちょっと恥ずかしいみたい」

「ツグ兄、大丈夫。本当にちゃんと聞いてきてる」

「あ、あぁ、疑ってないから安心しろ」


周りをキョロキョロと見渡しながら気もそぞろなヒバリが話し出し、ヒタキが俺の顔を見ながら眉根を寄せて言った。

俺は苦笑しながら頷いて、たくさんある生地を見渡す。こんな生地がうず高く積まれた光景はなかなか見られないからな。

どれがいいんだろう、と睨むように見ていたら、隣にいたヒタキに話しかけられる。

「ルリちゃんとシノさんは、可愛いけどカッコいい軍服を基調とした感じがいいと思う。参考画像は用意してあるから安心して。もちろん、難しいかもしれないからすごく簡単そうなの」

「普通の俺なら難しいかもしれないが、スキルのある俺ならできるかもしれない。が、がんばるよ」

「がんばれツグ兄ぃ！」

いつものように親指を突き出す仕草をしつつ話す俺。

早々に生地選びを諦め、リグ達と戯れ始めたヒバリに背中を押されたような気もしたが、ここはお店だしうるさくしてはいけないとたしなめておく。

でもがんばろう、って気合い入ったかも。

双子とミィのドレス用には、彩りと繊細な刺繍が綺麗な生地を選んだけど、恥ずかしいと言うのなら仕方がない。

色味を抑えつつ、俺の拙い裁縫スキルでシンプルな作りにし、オマケとばかりにさり気ないフリルで飾ってあげよう。

不本意ながら俺のコートも付けたことだし、シノにもフリルをプレゼントしてやる。

先ほどの適当に探している雰囲気は消え、2人に良いものを選ぼうと必死な3人の図が出来上がった。


「こういうカーキ色とかどうだろうか？」

「シノさんにいいかも。ルリちゃんはこの紺色とか？　ルリちゃん、瑠璃だから」

「そう言えばそうだね！　ルリちゃんは、ラピスラズリだもんね。あ、このフリフリはさりげないかも」

俺がヒタキに良さそうな生地を見せると、ヒタキは下のほうから生地を取り出し広げて見せる。そして極めつけは、ヒバリが持ってきた手編みのレース。

これなら意外に恥ずかしがり屋さんのルリでも、俺達の派手なものを引き合いに出せば丸め込めるはず。シノは受け身なので気にしない方向で。

そう言えばルリもツインテールにしていたから、ヒバリ達のと似たリボンを作ろう。なんか楽しくなってきた。

「お会計～♪　おっかいけぇ～♪」

ヒバリによる微妙な歌が始まったところで、俺達は結構な量になってしまった生地を持ってお会計へ向かう。

防御力も上がるかもしれないので、少し厚手の生地にした。

余計かと思うんだけど、まぁ持てるからいいか。

無事お会計が済むと生地をインベントリにしまい、これですっきり手ぶらだ。

大人しく待っていてくれたペット達に礼を言い、生地屋から退出。

意外と時間が経っていたらしく、太陽がいつの間にか頭上に来ていた。

つまりはお昼頃というやつなので、どれだけ時間を費やしたかはお察しください、だな。

ヒバリが俺と同じように真上を見上げ、驚いたように話し出す。

「わわ。時間、結構経ってたね」

「仕方ない。可愛い子に着せる服は妥協するな、ってばっちゃが言ってた」

「そっかぁ、言ってたかぁ……」

ヒタキがヒバリの言葉に反応すると、俺は遠くを見る感じで返した。

あの人なら言いかねない、と。まぁ会うことは早々ないはずだから、放っておこう。

時間的には大丈夫だろうけど、あっちに行くんだったらこっちがいい……と、次にヒタキに案内された場所は、こぢんまりとした店。

小道を通ってきたりしたから、大通りに戻れる自信がないぞ。

店内の様子を見せることが目的の造りなのか、大きめの窓があったので、そこから中を覗いてみる……も、俺にはよく分からなかった。

ディスプレイには可愛らしい小物が置いてあるあら、雑貨屋だと推測できるんだけど。

「ここはなんのお店なんだ？」

「ん、個人経営の魔法道具屋さん。略して魔具屋さん。品揃えがすごいって、掲示板に書いてあったから。買わなくても見る価値あるって」

ヒタキに問いかけると、詳しい話を教えてくれた。

カランッと軽やかなベルを鳴らし、表情を輝かせたヒバリが店内への扉を開く。

「ほわぁ、壁一面に道具が飾ってあるんだね」

店の壁にある看板には、店名と、ちょっとした注意書きが書いてある。

ペット可、はリグ達にも当てはまる……よな?

ヒバリが言っていた通り、大量の魔法道具が置いてあった。壁一面というのは正確ではなく、商品棚があり、そこに並んでいる感じだ。

すぐ出てきてくれた店員さんに会釈をして、各自好きなように店内を色々と見て回る。

「メイは欲しいのあるか?」

(?・ェ・)

「め、めめっ?」

「ははっ、ごめんごめん」

ヒバリとヒタキは興味津々に棚を覗き込んでいるんだけど、俺はイマイチピンと来なくて、メイに無茶振りしてしまった。

いきなり話しかけられ首を傾げるメイの頭を撫で、俺はもう一度商品の並んだ棚に視線を向ける。

するとひとつのものに目がいき、なるほどと納得した。

目の前には挽き肉を作るための魔具。作業場でのことを考えると、俺が一番魔具を使っていたのかもしれない。

値段は色々あるが、全体的にお高めだ。大量生産できないから当たり前かもだけど。

【挽き肉製作用魔法道具】
どのような肉質でも、この魔法道具に任せれば美味しい挽き肉が出来上がる。ただし、少量の知識と魔力が必要なので悪しからず。必要魔力、１分につき最大ＭＰの１％。
【製作者】ルオン・マシーナリー（ＮＰＣ）

今は作業場にあるもので十分だけど、いつかはこういう魔法道具を欲しくなったりするんだろうか……そんなことをぼんやり考えていたら、双子が店員さんと和気あいあいとおしゃべりしていた。

ぼうっとし過ぎたな。


「あ、ツグ兄ぃ。見てて良かったのに」

「いや、ちょっとまだ手が出ないからな。あまり見ていて欲しくなったらまずい」

「んふふ、でも、こういうお店もあるってツグ兄に知ってほしかった。圧倒的有意義」

「……確信犯か」


近づくと、2人は話を切り上げ俺に意識を向けた。

なんだか乗せられてる気がするけど、資金に余裕が出てきたら自分用の魔法道具が欲しくな……だから乗せられてるって。でも、有意義だったことは確か。

軽やかなベルをまた鳴らして店の外に出ると、結構な時間ここにいたのか日が陰ってきている。

入り組んだ細い路地(ろじ)ばかりだからそう思うのかもしれないけど、暗くなる前に大通りに出ようと思うくらいだ。住宅街に冒険者は場違いだし。


「ん、大通りはこっち」

一見曲がりくねっていて、迷子になりそうな道でも、ヒタキ先生に任せればこの通り。

ウインドウを開いているので地図を見ているんだろうけど、的確な案内のおかげで迷うことなく大通りに出ることができた。

ちょうど時間帯なのか、通りは冒険者で溢れている。さっきの細道より、こっちの人混みのほうが迷子になってしまいそうだ。

俺達は噴水広場へ行く前に、手分けしてペット達を抱き上げる。これでメイ達が迷子になる心配はなくなったから、一応安心。

「噴水、ってか、いつものベンチ行くぞ」

「ん、らじゃ」

ちょこちょこ場所は変わるけど、「いつもの」と言ったほうが分かりやすい。

ヒバリも付いてきていることを確認してから移動を始める。

タイミングよく空いているベンチがあったので、座ってひと休み。

膝に乗せたメイを撫でながらヒタキと話していると、ヒバリが物すごく静かなことに今さらながら気づく。

嵐の前の静けさか？　少し身構えて彼女に視線を向けると、ヒバリは小麦の背中に顔を埋め、微かな声で呻いていた。

ちょっと……いや、かなり怖いんだけど、そこは溢れ出る兄さんパワーでどうにかしよう。

ヒタキと顔を見合わせて頷き、覚悟を決めてヒバリに話しかけようとする。

だが彼女のほうが早く動き、俺にバッと顔を向けたので驚いてしまった。


「どっ、どうした……？」

「ふへへ、私決めた！　今日はもうログアウトする！　そして明日、美紗ちゃんも一緒だから一緒に満喫する！　そのほうがいいと思うの！　ツグ兄ぃ、いい？」

「お、おう、いいと思う」


少しドキッとした胸を片手で押さえていると、元気な返事が戻ってくる。

俺が頷くと、ヒバリはますます表情を輝かせた。そんなに嬉しいのか。

だがさすがにこのままログアウトするのはリグ達に悪いかも。なので俺達は、すぐさま買い食いをしようとベンチを立つ。

ここは王都だから新しい屋台が次々に現れ、俺達を飽きさせないんだ。

(＊・ｗ・)


「シュッシュ～」

「あ、起きてきた」


ずっと俺のフードで寝ていたリグがモゾモゾと動き出した。

食べ物のことになると反応が鋭い。

楽しそうに身体を揺らすリグに小さく笑い、ヒバリ達を引き連れ屋台を巡る。

やはりと言うかなんと言うか、冒険者向けの屋台が多く、肉系が多い。あとボリュームも多い。ヒバリ達にしてみればちょうどいいんだろうけど。

あと最近は改善されてきたけど、味付けが大雑把なところも多いな。

でもまぁ、それなりに美味しい。

まったり屋台食べ歩きをしていた俺達だったが、撤収(てっしゅう)する屋台がチラホラ見受けられるようになったのでここらでお開きにしようと噴水広場に歩みを進めた。

リグ達もこの食べ歩きに満足してくれたのか、出てくる顔文字が常にほっこりしている。


(＊´ェ`＊)


「じゃあ、また明日！　美紗ちゃんもいるからもっと楽しくなると思うよぉ～」

「めめっ、めぇめ！」

俺がウインドウを出しリグ達を休ませる準備をしていると、ヒバリが屈んでメイ達に話しかけていた。楽しそうだからずっと見ていたいけど、それだと一生帰れない気がする。

心を鬼にして、皆に一言かけてから【休眠】ボタンを押した。

リグ達が無事に休眠したのを確認して、ログアウトして大丈夫か妹達に問いかける。

ヒバリもヒタキも大丈夫だと頷いたので、俺は【ログアウト】ボタンを押した。

目を開くといつも通りのリビング。うん、本当にこのビーズクッションはいいな。

すぐに雲雀と鶲も起きて、いそいそとゲームを片づけ始める。

俺のヘッドセットもまとめて袋に入れ、テレビ台の隅っこに置いた。

ゲームの後片づけが終わると、雲雀が楽しそうにノートパソコンを抱え話し出す。

「これ終わったら、美紗ちゃんと明日の予定を話すんだぁ〜」

「あとは寝るだけ。だから時間あるし、少しだけ」

「まぁ、それくらいなら。でも、俺が寝るときまだ起きてたら怒るからな」

「ん、そんなに時間はかからない。安心して」

俺は苦笑しながら頷き、鶲の謎のドヤ顔を見てからキッチンへ。

水に浸けてあったから簡単に落ちていく食器の汚れに満足し、明日の予定を簡単に確認して、脱衣所へ向かう。

たまに双子のせいで泡風呂になってるから注意が必要だ。今日は入浴剤が入ってなかったけどな。

パパッとお風呂から出た俺は２階へ上がり、妹達が寝ていることを確認。

明日の予定、妹達のこと、ゲームのこと……色んなことを考えながら、自室で眠りに就いたのだった。

【運営さん】ＬＡＴＯＲＩ【俺達です】part 6

（主）＝ギルマス
（副）＝サブマス
（同）＝同盟ギルド

1:プルプルンゼンゼンマン（主）
↓見守る会から転載↓
【ここは元気っ子な見習い天使ちゃんと大人しい見習い悪魔ちゃん、生産職で女顔のお兄さんを温かく見守るスレ。となります】
前スレ埋まったから立ててみた。前スレは検索で。
やって良いこと『思いの丈を叫ぶ・雑談・全力で愛でる・陰から見守る』
やって悪いこと『本人特定・過度に接触・騒ぐ・ハラスメント行為・タカり』
紳士諸君、合言葉はハラスメント一発アウト、だ！
・
・
・
843:焼きそば
>>829ある意味成功と言っても良い。なのでこのまま突き進んで良いと思う。多分。

書き込む　全部　<前100　次100>　最新50

844:空から餡子
時間を合わせてるってのもあるけど、ちょうどいい感じにロリっ娘ちゃん達と会えてハッピー。

845:白桃
今日はなにして遊ぶんだろ？

846:ましゅ麿
>>833小腹が空いたら大通りにある【かもまいる】ってひらがなで書かれた看板があるお店がオススメだよ！　すっごく美味しい。

847:パルスィ（同）
ロリっ娘ちゃん達、路地裏行っちゃったね。あっちにも色々とお店あるからなぁ。

848:ちゅーりっぷ
>>842おら、ちょっと顔出せやい。川辺で殴り合って親睦深めんぞごらぁ。夕焼けの川辺でひとしきり殴り合ったら寝ころんで夢語り合うぞごらぁ。

849:こずみっくZ
>>833ちょっと歩くけど、王城前の【アルメンラ】ってお店美味し

書き込む　全部　<前100　次100>　最新50

い。うまうまだよ。

850:甘党
ううん、路地行かれたら見守れない……。割りと目立つ格好してるから。

851:密林三昧
>>843分かった！　がんばってみるよ！

852:NINJA（副）
こりゃ、目的の場所は生地屋でござるな。見るかぎり悪そうな人はいないでござるから、安心してほしいでござる。もちろん自分は隅から隅まで余すとこなく見守るでござるよ。

853:つだち
>>846ちょっwwwおまっwww
行ってみたらめちゃくちゃファンシーで可愛らしい店だったぞ！www 俺が入れるわけねぇだろ！w

854:氷結娘
>>845俺たちのすることと言えば、ひとつしかないだろ？　もちろん！　ロリっ娘ちゃんたちを見守るってことさっ！　あと自己鍛錬。

一応大事だぞぉ。

855:神鳴り（同）
友人と一緒にレイド倒しに行ってきたんだけど、皆準備不足すぎてブレス一発でやられた！　ワロタｗｗｗ

856:ナズナ
>>849俺も行ったことある！　めちゃうまだった！　今度一緒に行きまっしょ。

857:芋煮会委員長（同）
>>852もうっ、そんなこと言ってるから、ゲームなのに職質されちゃうのよ。でもロリっ娘ちゃん達の安全は大事よ。がんばってちょうだい！

858:かるぴ酢
とりあえず、このまま現状維持かなぁ……。

・

・

・

901:コンパス
>>889職業安定所？

書き込む　全部　<前100　次100>　最新50

902:餃子

>>889ハローワーク？

903:黄泉の申し子

魔法道具は実際問題便利だから、気に入ったやつがあったら買うといいよ。ちょっと高くても元手すぐ取り返せるし。俺はランタンの魔法道具買った。

904:kanan（同）

>>893とりあえず安心だな。そのまま俺の分までロリっ娘ちゃん達の安全を見守るんだ！

905:黒うさ

今日はずっと王都にいるのかなぁ？　俺としてはお昼に外出なくて嬉しい。

906:中井

俺の初魔法道具は壊れた着火するやつだったぉ。魔物のドロップアイテムだったから仕方ないね。

907:iyokan

>>898おれたちはあんていのろりこん。

書き込む　全部　<前100　次100>　最新50

908:もけけぴろぴろ
平日だから仕方ないんだろうけど、俺の中の可愛い子愛でたい欲求ががががが。土日に期待。

909:かなみん（副）
>>901-902
ギルドのことをそういう風に言うのやめてあげてよぉｗｗｗ　間違ってはないんだけど、間違ってはないんだけどもっ！　こう、心に響くよ負の意味で。

910:プルプルンゼンゼンマン（主）
>>898無限に広がるご奉仕心でＬＡＴＯＲＩは成り立っております。幼女の笑顔＝プライスレス。

911:NINJA（副）
ロリっ娘ちゃん達、今日は買い出しで終わるつもりでござる。ロリっ娘ちゃん達が笑顔ならそれでいいでござるな。

912:白桃
生地を買うってことは、また服を作るのか。手先が器用すぎるぜお兄さま。自分も欲しい……。

書き込む　全部　<前100　次100>　最新50

913:フラジール（同）
守るためにはもっと強くならねば……！　具体的に言うと国境レイド、１人で狩れるくらい。

914:魔法少女♂
>>905夜に強い種族でも昼狩り出来なきゃしょうがないでしょ～？慣れなきゃダメだよぉ。

915:棒々鶏（副）
ううーん、いつものことだけど今日もロリっ娘ちゃん達のログアウト見てから解散かな。そのあとは各々の自主性に任せます。

916:夢野かなで
>>908それはしょうがないよ。うんうん。

917:ましゅ麿
>>906どんまい。壊れててもある程度のお金になるからうま味はある。泥率は低い。

918:さろんぱ巣
あ、やっぱログアウトだな。

書き込む　全部　<前100　次100>　最新50

919:甘党

>>913それにんげんやめてるって

920:ナズナ

自分もいったんログアウトする。お疲れ～。

書き込む　全 部　<前100　次100>　最新50

あとがき

この度は、拙作を手に取っていただきありがとうございます。

第六巻は満を持して登場した鬼っ娘ルリちゃんと保護者のシノが、主人公のツグミ達と合流し、R&Mの世界で遊ぶという巻になっております。

そんな彼らが挑むクエストは、キャロドラゴラの収穫です。そのモチーフは、ファンタジーの世界では有名なマンドラゴラ。根が人間の形をしており、引っこ抜くと世にも恐ろしい悲鳴を上げる植物や魔物としてよく扱われています。しかし本作では、人参を擬人化したお化けのような錬金合成素材という位置づけで描きました。マンドラゴラみたいに大声で叫びはしないものの、これがそこら中を素早く走り回るので、ツグミ達は一苦労します。

奇妙な人参お化けを捕まえるのに悪戦苦闘するツグミ達の姿を是非、お楽しみください。

また、今回はNPCのシュヴァルツ・スイートハートが製作した魔法道具もいくつか登場します。ハニービー達が持っている中型魔力保存球や完全防犯金庫がそれです。

ただし、実用性のある魔法道具でありながら、ツグミ達にとってはあまり必要がないものでした。そのため、彼らはシュヴァルツについては、行く先々で冒険の足止めをする天才性を兼ね備えたはた迷惑な変態NPC、くらいにしか捉えていません。

おそらく、ツグミ達がハニービー達からもらった完全防犯金庫にはお金が入っていることでしょう。金庫に仕舞えるものは1種類のみですから。

さらに本巻には、ミィの母親であるカレーが大好きな早苗さんも姿を見せます。年齢は非公開ですが、ツグミ達の両親と同級生ということでお察しいただけます幸いです。ちょろっとしか顔を出さない父親の方は、ツグミの作ったプリンが大好物です。とはいえ、嫁と娘に食べられてしまい、いつも膝から崩れ落ちて嘆いておりますが……。

新たなキャラが増え、ますます表紙も賑やかになってきました。挿絵の中では、私はツグミとハニービーの一枚絵が大のお気に入りです。ツグミの優しげな表情も良いのですが、ハニービー達の可愛さには、ホントもうメロメロ。ハニー系の魔物は、リグ達の次くらいに贔屓にしています。毎度、素晴らしい絵を描いてくださる、イラストレーターのまろ様には感謝に堪えません。

最後になりますが、この本に関わってくださった全ての皆様へ心からのお礼を申し上げます。

それでは次巻でも、皆様とお会い出来ますことを願って。

二〇二〇年七月　まぐろ猫@恢猫

アルファライト文庫

この作品に対する皆様のご意見・ご感想をお待ちしております。

おハガキ・お手紙は以下の宛先にお送りください。

【宛先】

〒150-6008 東京都渋谷区恵比寿4-20-3 恵比寿ｶﾞｰﾃﾞﾝﾌﾟﾚｲｽﾀﾜｰ 8F
（株）アルファポリス　書籍感想係

メールフォームでのご意見・ご感想は右のＱＲコードから、
あるいは以下のワードで検索をかけてください。

ご感想はこちらから

アルファポリス　書籍の感想　検索

本書は、2017年5月当社より単行本として
刊行されたものを文庫化したものです。

のんびりVRMMO記6

まぐろ猫@恢猫（まぐろねこあっとまーくかいね）

2020年8月31日初版発行

文庫編集－中野大樹／篠木歩
編集長－太田鉄平
発行者－梶本雄介
発行所－株式会社アルファポリス
〒150-6008東京都渋谷区恵比寿4-20-3恵比寿ガーデンプレイスタワー8F
TEL 03-6277-1601（営業） 03-6277-1602（編集）
URL https://www.alphapolis.co.jp/
発売元－株式会社星雲社（共同出版社・流通責任出版社）
〒112-0005東京都文京区水道1-3-30
TEL 03-3868-3275
装丁・本文イラスト－まろ
装丁デザイン－ansyyqdesign
印刷－株式会社暁印刷

価格はカバーに表示されてあります。

落丁乱丁の場合はアルファポリスまでご連絡ください。

送料は小社負担でお取り替えします。


ISBN978-4-434-27758-0 C0193